万病皆可心药医

中里巴人 著

凤凰出版传媒集团 | 凤凰联动
江苏人民出版社 | FONGHONG

图书在版编目（CIP）数据

万病皆可心药医/中里巴人著．—南京：江苏人民出版社，2009.11

（国医健康绝学系列）

ISBN 978-7-214-05989-5

Ⅰ．万…　Ⅱ．中…　Ⅲ．心理保健-基本知识　Ⅳ．R161.1

中国版本图书馆 CIP 数据核字（2009）第 147101 号

书　　名　万病皆可心药医
著　　者　中里巴人
责任编辑　刘沁秋
文字编辑　陈赐贵
出版发行　江苏人民出版社（南京中央路 165 号　邮编：210009）
网　　址　http：//www.book-wind.com
集团地址　凤凰出版传媒集团（南京中央路 165 号　邮编：210009）
集团网址　凤凰出版传媒网 http：//www.ppm.cn
经　　销　江苏省新华发行集团有限公司
印　　刷　北京市同文印刷有限公司
开　　本　710 毫米×1000 毫米　1/16
印　　张　14
字　　数　151 千字
版　　次　2009 年 11 月第 1 版　2009 年 11 月第 1 次印刷
标准书号　ISBN 978-7-214-05989-5
定　　价　29.80 元

出版说明

《国医健康绝学》是一套荟萃了中国各地保健名家多年来在防病养生方面实用经验的系列丛书。丛书全面、系统、深入浅出地阐述了人在不同年龄段的各类常见病和疑难杂症的预防之法，还告诉大家养生的根本在于要颐养人的“生长收藏”。

本套丛书的作者或是盛名在外、经年累月奋战在教学、科研、临床第一线的名师专家，或是得其家学和先师精髓并将其发扬光大的良医，或是久病成医后的中医大修之人，或是遍尝百草之后以颐养身心为乐的通达之士。虽然自古“道不轻传，医不扣门”，但是他们却毫不吝惜自己的养生防病绝学高技，以普度世人的心苦身病为己任，以惠泽众生的快乐健康为大荣。

《国医健康绝学》系列丛书的出版，是本着积极预防疾病、提早化解潜藏在人体的隐患、把疾病消灭在萌芽状态的宗旨，希望大家能更多地关注健康，关注养生，而不是只仅仅关注疾病。我们建议，如果自身的情况不是“未病”状态，而是急病、重病或迁延不愈的痼疾，那么这时候还需要大家及时去医院求诊问治，接受常规治疗。“急病上医院，未病自己防”，如此，才能及时并全方位地保证自己的健康，这正是本丛书一直提倡的科学、理性的生活态度。

我们衷心欢迎各界有志于振兴中华传统医学养生的仁人志士和广大读者积极为本丛书提出宝贵意见和建议，以期携手为中国老百姓的健康贡献绵薄之力。

《国医健康绝学》系列丛书编辑部

目录

第三章　健康大护法：遇疾杀疾，遇病杀病

第四章 把脉心肝脾肺肾，巧用中医六大法

第五章 如何活用《黄帝内经》

第六章 健康论语

序言
悠悠万事，养生为大

每个人都有正事要干，什么事情呢？就是养生。养生就是保养生命。

养生可不是治病，养生可不是锻炼身体，养生可不是吃点营养品。

养生听起来有点玄，做起来却并不难，谁都可以完成。但是事情好做，道理难明，如果你不知其所以然。你就不信，也就不会去做，更不会坚持。

养生这件事，得早做，马上做。

如果你现在有空，如果你现在还没病，如果你现在还没让杂事缠身，那你真是有点福气，赶紧养生，事不宜迟。

养生不是越养事越多，而是越养事越少。因为杂念少了，杂事就少，有一念就有一事。无欲则无求。养生就是把身上的负担放下，每天减一点重量，让省下来的精力、省下来的气血化作一股能量，穿透我们厚厚的外壳，将本心释放出来。我们就会自由自在、随心所欲了。

找到本心，就找到了生活的真谛。我们为谁而活？就是为了这颗本心。

"朝闻道，而夕死可矣。"这个道就是这颗本心。

因为这颗心能洞悉天地之玄机，有万变不穷之妙用。本是我们每个人生来就有却又随之迷失的，现在我们要做的就是让它失而复得。

翻山有路，过河有桥，我们的本心它不是空中殿宇，不是海市蜃楼。每个人身上都有一条通路可以到达，那就是经络。经络从体表通向四肢五官，通向五脏六腑，通向思想精神，通向灵魂本心。

沿着生命真谛的道路，处处山高水险，也处处有驿站凉棚。您可以在任何一处歇脚，但都不会枉来一生。生命的意义不是追求外物，而是回归本真。本来与生俱足，却又河里掘井、雨中浇花，貌似勤劳，其实是虚度人生。

我们哪有那么多闲心去给别人挑刺？哪有那么多闲时去关心无聊的八卦？哪有那么多的闲钱去挥霍身体？这不是自由自在、随心所欲，这是百无聊赖、放浪形骸。

你觉得身体健康吗？你觉得身体强壮吗？你感觉生活快乐吗？您感觉安全舒适吗？

如果你觉得不满意、不健全，还没达到你的愿望，那就快去修正你的生活，修炼你的身体，修复你的心灵。

这一切都不是空话，这一切都可以完成。

我知道，如果你确信有一条路可以让你健康、强壮、快乐、安全、舒适，我想你一定会乐意前往。只因我们不知道还可以走这样一条路，一条可以把握自己健康、自己快乐、自己运气、自己生命的一条路。

财富、名誉、地位、权势，可以让人觉得尊贵，显赫一时，很多人为此拼搏一生。但只有健康、快乐、长寿、智慧才会让你真正满足，长久享受，这才是生活的真谛。

本书想和大家一起分享自主的生活，包括如何防病、如何强身、如何自立、如何快乐；不是要教给大家什么，因为生活是自己走的路，不是别人可以教会的。每个人生来就知道怎么生活，只因一开始就有人替我们做主，替我们选择，我们才会有这么多病痛，这么多烦恼。

剩下的路，我们要自己走。天空本来就自由广阔，我们不用别人赐与。

第一章
人有病，天知否

疾好治，病难医

气本来是人体内的一种正常能量，但如果它被扭曲、被压抑，宣泄不了，“气有余”，那就成邪火了，也就是说，当您忧虑、恐惧或愤怒了，也就是七情六欲失调了，您就会上火，病也就因火而生。

人慢慢岁数大了，最担心的就是生病。

翻开厚厚的医学辞典，我们会发现上面有几万种病。因为怕生病，很多人这也不敢吃，那也不敢尝，可真到生病的时候，还得靠打针吃药维持着。这仿佛成了一种宿命。

疾病应该是暂时的，有时候来了，然后又去了，它不会伴随您一生。如果您老是怕生病，生病后一天到晚都要看疾病的脸色，那您的生活怎么可能有多少乐趣呢？但是，“水在源头自清”，疾病的种类再多，只要您找到病因，并且知道应对疾病的方法，也就不用害怕了。

毕竟，人活着不是为了跟疾病周旋、斗争，而是要享受生活的。

疾是大自然朝你放的“冷箭”，病来自于你的坏情绪

什么是疾病呢？它们是如何害人的呢？

咱们不妨从“疾”这个字谈起。“疾”，一个病字框，里面是一个“有的放

矢”的“矢”。这个“矢”就是“射箭”的“箭”。它告诉你，那些从外而来侵害你身体的东西，就像一个人朝你放的冷箭，比如，感冒、风寒、传染病这些外来因素引起的不适就叫“疾”。

疾还可以引申为疾驰、疾速，我们由此可以知道，“疾”这个东西来得快，去得也快，它是从外面来的，最后肯定还得从外面出去，只是个匆匆的过客。

再看这个“病”字怎么写？“病”字里面是一个“丙”。在中国文化当中，“丙”是火的意思。在五脏里面，丙又代表心。所以，“丙火”又可以叫“心火”。心里有火，人就得病了，就这么简单。

另外，“心火”翻译成现在的话就是被压抑的情绪，就是失调的七情六欲。比如悲伤、忧虑、喜悦、恐惧、愤怒……这些都是人的情绪。所谓七情六欲，通俗点说，就是人的一股气。

《黄帝内经》上写道：“思则气结，怒则气上，恐则气下，惊则气乱，喜则气缓，悲则气消。”说的就是人不同的情绪对应着气的不同走向和变化。气本来是人体内的一种正常能量，它但现在被扭曲、被压抑了，宣泄不了，结果越积越多。“气有余”不就成邪火了吗？也就是说，您忧虑、恐惧或愤怒了，就会上火，病也就因火而生。

如果我们的七情六欲能够正常地抒发，也就是“气顺”的话，病就不会找到我们了。

不同的坏情绪会伤害不同的脏器

从“病”这个字上来讲病，好像病都是心理作用造成的。实际上是不是这样呢？

比如说，有人听到一句恐吓的话后吓得满头大汗。事实上，他并没吃发汗的药，比如阿司匹林，可他还是出了汗，甚至比吃了发汗药还厉害。

仅仅因为听到一句恐吓的话就浑身开始出汗，原因何在呢？就是因为他心里有恐瞑这种情绪。所以，人的七情六欲一旦不调，生理上必然出现不同的症状。心怀恐惧的人肾不太好，胆子也特别小，常常会莫名地受惊；忧虑的人会气短，伤春悲秋，爱愤怒的人会得肝病，爱悲伤的人心脏功能都有点问题。

比如，三国里的周瑜心眼小，一受刺激就爱生气，结果“怒伤肝”导致最后吐血而亡。而林黛玉经常忧愁，老哭，结果“悲伤肺”，把肺给哭病了。还有，如果一个人容易受惊吓，肾气就不足，日常生活中，时不时有某某人因为一句话就吓得尿裤子了，这就是“恐伤肾”了。

总之，不同的情绪会伤害我们体内的不同脏器。像张飞得的病和林黛玉得的病就不一样，张飞永远也得不了林黛玉那种病，因为这俩人的性格迥然不同。

我经常说一种思想对应一种疾病，但估计很多朋友听不懂，或者对此说法半信半疑。他们会说：“难道我脑袋里有一种想法，身体上就会长出一个瘤子吗？”当然不是，一个人不可能有了一个不好的想法就长出一个瘤子，但他如果经常被某些念头折磨着，反反复复地想，反反复复地恐惧，慢慢地身体某些器官受到的损害就会越来越严重，最后就真的可能形成瘤子了。

比如说，有人跟邻居吵架生了一肚子气，刚开始只是觉得头疼或者肚胀，可他如果经常跟别人斗气，这股气就会停滞下来，无法推动新鲜血液的运行，慢慢就会形成瘀血。当瘀血一点点地堆积下来之后，它就变成有形的病灶了。

瘀血为什么会形成病灶呢？因为它相当于细菌、病毒滋生的泥坑，人体内哪里有瘀血，细菌、病毒就在这个“泥坑”里生根、繁殖。时间一长，不就变成病灶了吗！相反，如果人体内的新鲜血液天天都运行正常，细菌、病毒就没了栖身之地，这时，人想得病都难。

破疾之道——激活你的防御系统

用进废退，不用则失，人的身体就是这样。为什么现在有很多疾病我们没法防，或者根本防不了？就是因为人自身的免疫系统没得到激发，长期处于一种被迫退化的状态。激活这个正在沉睡的免疫系统，让它时时处于警醒的状态吧。

疾是外来的邪气侵入人体所导致的，体现在人身上通常就是感冒，严重一点的就是传染病。怎么预防呢？

有的人说："如果我听了天气预报，知道风寒要来了，加件衣服也就没事了。但有时候我并不知道天气什么时候会变化，说不定还没来得及加衣服就已经感冒了，这时候怎么办呢？还有，我也不知道哪里有细菌病毒，躲又躲不开，你有什么好办法吗？"还有些人这么说："我特别注意，人家都穿短袖了，我还穿着羽绒服呢！但最后得感冒的还是我，真是防不胜防！"

其实，这些担忧和防范都是无谓的，预防的方法很简单，关键是你得知道原理。

一般情况下，疾会通过两种方式侵入人的体内：一种是通过毛孔，比如说一个人穿衣服穿少了，受了凉风，得了风寒感冒，就是因为外邪通过毛孔进入了他的体内；还有一种是从鼻子、口腔、呼吸道等地方进入，最为常见的症状便是流感。

知道外来的疾是怎样入侵人体的以后，我们就有预防的方法了。不就是一个毛孔，一个呼吸道嘛！当您知道从哪开始防范以后，您就不用怕了。为什么这么说呢？您的身体本身就有自愈的能力，最好的防护设施就在您身上！对于这种防护设施，您一是要找到它，二是要激发它。要是这两点您都做到了，那任何外来的邪气、病毒您都不用怕了。

现在，有的人到医院去看病，大夫老是对他说，你这是慢性病，千万别感冒了，否则会加重病情。这虽然是善意的提醒，但也同时加重了患者的心理负担，因为没有有效的防范措施。实际上，人进化到现在，自身的免疫系统已经发展得非常完善了。这是人的本能，只要我们善于激发和使用它，完全可以抵御任何外来的侵害，只是我们现在越来越少使用它了。

为什么这么说呢？现在科学这么发达，空调一开，人在屋子里就可以享受到四季如春的温度。过去的暑热能伤人，但现在的暑热已经伤不了人了。人们一出门就可以坐到空调车里，一进屋又可以打开空调，然后拿起冰镇的饮料一喝，哪里还有热？全没了，只剩下了一片寒凉。这么一来，我们现在的身体需要防的东西已经跟以前不一样了。

长此以往，我们身体的本能和防御系统便像闲置的机器，渐渐地没用了，生锈的生锈，废弃的废弃。结果，一旦有外来的邪气侵袭，我们的身体就会措手不及，因为很久没用，都不知道怎么抵御病邪了。

用进废退，不用则失，人的身体就是这样。为什么现在有很多疾病是我们没法防或者根本防不了的？就是因为人自身的免疫系统没有得到激发，长期处于一种被迫退化的状态。那怎么办呢？既然我们已经知道身体哪里出了问题，又知道身体里还有一个功能强大、正在沉睡的免疫系统，那咱们就把它叫醒，让它时刻处于警醒的状态吧！

晴天无云万里明，人无“浊气”一生轻

一个人的生理和心理是相通的，大家一定要记住这句话。其中，本来无形的不良情绪比如愤怒、恐惧、忧愁等到最后一定会转化为有形的浊气。它们在身体上虽然停留的点不一样，但都是害人的元凶。

万病逃不脱“三浊”两字

有的朋友说：“我喉咙老爱发炎，老好不了，就靠吃消炎药，可一停下来没多久它就又犯了，你说这是为什么呢？”

瘀血就像泥坑，所以，治疗炎症的关键不在于把细菌、病毒杀死，而是要把泥坑给清理掉。怎么清理呢？首先是清除浊气。因为瘀血之所以能够形成，就是因为人有浊气在身。

人体里会有哪些脏东西呢？人们通常认为是宿便。但事实上，人体内还有比宿便更要命的东西——浊气和浊水，它们和宿便一起统称为“三浊”。

现在，很多人一听排毒就以为是通便，这是很片面的。如果您不先把浊气和浊水去掉，您想通便也通不出来，因为这两样东西在那儿堵着呢，以致血液循环缓慢，肠道无力排出。

在北方，到了冬天，住在平房的人一般会烧个土暖气什么的。一开始，

炉子挺旺，可暖气还热不起来，怎么回事呢？有经验的人就会告诉你，这是有气堵在里头了。当您把放气阀拧开，放一点儿气出来，暖气一会儿就热了。原来，只要有股气堵在里面，暖气的循环就会受阻。我们的身体也一样，只要有浊气堵在里面，血液就会流动缓慢。所以，想要排毒，第一关便是先把您体内的浊气排走。

不怕生气，就怕堆积的气无处可去

说到这里，很多人就会问：浊气是怎么产生的？

我们都知道，肝是生气之源，气大伤肝。有些人老爱生气，跟别人一句话不合就暴跳如雷。或许身体上这股气一会儿就消了，但就在您产生它的那一刹那，一种病理症状也就“应运而生”。

可以说，您身上一切不良的情绪都是气。

气这个东西不怕它产生，就怕它堆积。当一个人生完气之后，不去想就没事了，但所生之气都在他体内的肝上存着呢。

有人说：“气在身体里面，我看不见，又摸不着，它到底在哪里呢？”其实，气虽然看起来是无形的。但最后都会化为有形的东西。比如人生完气之后头晕肚子胀，甚至胃也疼，老觉得有一股气堵在那儿。为什么说“生了一肚子气”呢？就是因为肚子这一块确实胀鼓鼓的。这时候，你用拳头敲敲肚子，或者推两下，再摸摸，就会忍不住打两个嗝儿或者放个屁，顿觉十分痛快，同时，心情自然也好起来了。

所以说，不良的情绪虽然看似无形，但最后都会变成有形的浊气来伤害您。

人有什么不良情绪，身体上一定会表现出来——“诸病于内，必形于外”

人这辈子的病可以说都是浊气造成的。爱生气不要紧，可生完气之后没打嗝儿或放屁，浊气就不仅在肝里存着，还在肠胃中、血管里存着，导致血液流动缓慢，瘀血渐渐形成，最后粘在血管壁上，形成各种各样的心脑血管病反过来引发和加重新的不良情绪。

一个人的生理和心理是相通的，大家一定要记住这句话。其中，心理上的因素是病源，会由原本无形的情绪转化为有形的浊气。愤怒、恐惧、忧愁等情绪都是如此，只不过它们在身体上停留的点不一样，不一定是在肝上，但都对人体有害。

人体本身就是一本很直观的书。好好读这本书，我们就能知道自己身上的疾病从何而来。过去，有一句成语叫“按图索骥”，被认为是贬义词，但我却把它看作褒义词。

“按图索骥”这个词儿是怎么来的？谁能拿着一张图就找到千里马呢？原来，这个典故跟伯乐有关。伯乐写了一本《相马经》，详细地描述了千里马的外部特征。书上有一句话叫“凸眼高额”，就是说千里马的额头特别大，眼睛特别鼓。结果，他儿子有一天读后就出门去找千里马，看到路边有一只癞蛤蟆跟书上描述的一样，也是大眼睛、大额头，便一把抓住它，回家问伯乐说：“这是不是千里马？”

伯乐错了吗？没有错，错在他那不懂变通的宝贝儿子，连马和蛤蟆都没搞清楚就照图去找，当然只能是差之千里了。但是，“按图索骥”用在养生方面则是可行的，因为这张图是我们的身体，上面清楚地写着经络是怎么走的。

比如说，一个人老爱担心或者受惊了，他的胸口就会发紧，尤其是肾经和心经的所在之处会特别有压迫感。另外，腰为肾之府，恐惧还会引起腰酸。

腰酸、胸口发紧这些症状就像是您身体这张地图上的坐标，您一查图就能马上知道是哪条经络出了问题。还有，一个人愤怒的时候必然是攥着拳头的，绝不会有人咧着嘴巴，两手放松，还说他很愤怒，除非这人在跟您开玩笑。因为，人的任何真实想法都会在身体这张地图老老实实地反映出来。古人说："诸病于内，必形于外。"真是所言不虚。

学会放屁，排除万毒

> 对于无形的不良情绪，我们可能“老虎吃天，无处下口”，但对于有形的浊气，我们却有方法把它排出去。一旦排出了有形的浊气，无形的坏情绪也就烟消云散。

放屁是一件很重要、很幸福的事

人的生理与心理实际上就像一只手的手心和手背，能够互相影响，而沟通二者的桥梁就是经络。经络的这头连着人的穴位，那头通着人的精神、思想。当一个人生理上不舒服的症状消失了，他的心情自然会好起来。

具体一点说，一个人生气了，应该如何把这股气排出去呢？通道在哪呢？

生气后，浊气首先堆积在肝那儿，然后通过胆囊窜到胃，再到十二指肠、小肠、大肠，最后通过肛门排放出去。这是最为常见的一个通道。但是好多人的这个通道已经堵住了。怎么堵住了呢？最明显的一个特征便是好多人已经不会放屁了，甚至从不放屁，尤其是那些体内长有肿瘤的朋友。

有人说：“我这人从不放屁，不招人讨厌！”不招人讨厌是件好事，可人家放屁是把体内的浊气给排出来了。我们开句玩笑话，说这是“污染空气”，但不会放屁的人呢？他们是在污染自己！

还有人问：“不放屁会不会是消化不良造成的？”其实不是，就是因为有浊气在身体里堵着，人才会消化不良，这个因果关系应该倒过来。

想想看，一个人靠什么来消化食物？靠人体的新鲜血液！如果您的新鲜血液不畅通，堵在某个地方了，就会影响到消化功能，而堵住新鲜血液的就是浊气。

谈到放屁保身体的道理，很多人可能会比较反感，觉得很不雅。其实，您如果能稍微转变一下观念，把放屁当成人生一件很重要、很幸福的事情，那养生保健便是一件易如反掌的事。因此，我不仅提倡放屁排毒，还提倡全民放屁，最好“百家齐放”。

气有两个出口，前门和后门，后门是排出有形的浊气，释放各种被压抑、被扭曲的情绪。前门呢，是真情流露，该生气时生气，该悲伤时悲伤，该喜悦时喜悦，以情养性，让心如一面镜，物来则应，物去不留。所以，保持前后门的通畅，实为我们养生的当务之急。

万病从心生，首先从气生

我给大家讲个故事，大家就明白心理和生理上的这种关系了。

我有一个女性朋友办了一家企业，事业做得很成功。可是，她得了偏头疼，怎么治也治不好。到医院去检查，有的医生说是血管性头疼，有的说是神经性头疼，也有的说可能是因为颈椎有问题，有的则认为可能是心脏供血不足造成的。总之，说法不一，诊法各异。最后，她被安排去做了一个核磁共振，结果显示脑袋里什么问题也没有。

后来，这位朋友告诉我，她找到得偏头疼的原因了，而且一天内就好了。好几年的病一天就消失了，怎么回事？她说，原来她和婆婆住在一起，现在跟老公搬出来单住。搬出来以后，她的偏头疼就好了。

她说：“我一直不知道我婆婆才是病因。搬家后，我细细地一想才明白过来。原来，我每次回家的时候，只要一看见婆婆，就有点儿不舒服，头就开始隐隐作痛。晚上吃完饭以后，我们还坐在一起看电视，我婆婆就坐在边上自言自语，唠唠叨叨，听得我脑袋发胀。结果，到了夜里，我就睡不着觉，还做噩梦。时间一长，我就老头疼。”最后，她总结道，什么神经性、血管性偏头疼都不对，她这种情况就叫“婆婆性头疼”。

有趣的是，她婆婆原先有慢性肠炎，也是久治不愈，自从她搬走以后，也很快就好了。原来，她婆婆得病也是因为老跟她生气。这种事在过去叫“犯相”，检查身体是检查不出来的。但是，很多人得了病只想着生理上的原因，查了这个查那个，结果自然是怎么查也查不到病因。其实，病因很简单，就是有一股不平之气。

“万病从心生”说穿了就是首先从气生起的。

“性情”中人为什么不爱生病

明白上述原理之后，我们就能通过调节身体外部环境的方式来改善我们的内部环境。对于无形的不良情绪，我们可能“老虎吃天，无处下口”，但对于有形的浊气，我们却有办法把它排出去。一旦排出了有形的浊气，无形的情绪也就烟消云散。

生活中，有一类人最受欢迎，那就是“性情”中人。他们喜怒形于色，直言不装腔。尽管有时候会得罪人（该得罪也得得罪），但是这样的人不爱生病，因为他们早已把致病的“心火”发出去了。

所以，一个人想要没灾没病，就得先把情绪调顺，保证不生气才行。

看到这里，可能又有不少人要生气了。为什么呢？因为做到这一步很难。生活中有那么多烦心事，谁能不生气？好多时候，不是我们想生气，而是老有人气我们。比如说，外面天冷，妈妈提醒儿子出门前要多穿点儿，可是儿子生气了，说：“你烦不烦？”结果，妈妈也跟着生气了。可以说，想要避免生气是非常难的。

而且，情绪这东西不好调。情绪怎么调？说“你别恐惧了”“你振作点儿”，有用吗？没有用。有的人说：“我天生就是胆小的人，我振作不了。”你有什么办法？说“你别生气了，平和点儿”，一样不起作用，因为有的人会说：“我就是这个脾气，谁也压不住我！”

我们每个人的生活环境不同，遗传因素也不一样。有的人天生性情开朗，气血旺盛，受不得压抑，而有的人从小就中气不足，经常愁眉苦脸、忍气吞声。现在，他们或许已经人到中年，再改变已经很难了。但是您如果想不生病、少生病，或者想根治慢性病的话，就得改掉这些不良习惯。

总之，生气是很难避免的，但我们并不会因此束手无策。虽然我们无法做到不生气，但我们可以把气排出去。不能解决气的来路问题，我们就解决气的去路问题。不能让气从前门出去，我们就让它从后门和旁门走。

养生说白了就这么简单。我们努力做到不生气，近求祛病，远为强身。当我们的情绪不再受到压抑或扭曲的时候，健康便常在我们的身边了。

为什么很多病断不了根

人的病根一般可归结为人体内的三浊：浊气、浊水、宿便。但人们最容易忽略、最不容易找到、也是最难解决的病根却是由心产生的种种不良情绪。这才是万病的根源、病根的病根。所以，人所有的病本质上都是心病。

现在，很多人有病好不了。说到原因，可能会涉及到很多方面，但是归根结底，病根只有一个。可能别人不知道，但您自己最清楚，因为它跟您的“心”有关。

比如说，一个人为什么会得胃溃疡？直接点说，是因为胃那个地方没有新鲜血液，又老有浊气在冲撞它。时间一长，胃黏膜就受到了严重损害，然后感染细菌病毒。这时候，如果我们先把浊气排掉，再引来新鲜血液，胃的溃疡面就能很快修复，因为新鲜血液本是最好的修复工具。因此，我们可以说，浊气是造成胃溃疡的主要原因。

可是胃里的浊气是从哪来的？从胆上来的。胆的浊气又是从哪来的？胆不是单一的通道，它是跟肝连着的，浊气就是从肝那儿来的。本来，肝产生了浊气，可以通过小肠以屁的形式排出去，可是下面堵住了，它就只能往上走，最终在胃那儿撞击胃壁。

可肝为什么会产生浊气？一个人要是老看什么东西不顺眼就会生气，日积月累，体内就产生了大量浊气，导致新鲜血液无法快速、顺利地流动。

说到底，这不还是心理上的原因吗？

其实，不止是生气，只要我们有情绪被压抑，体内就会产生一股浊气。慢慢地，浊气越来越多，就把正常的血流堵住了，形成瘀血，最后变成肿块。

2007年的时候，国内引进了美国的一本畅销书，叫《病由心生））o这本书的作者是个内科医生，他根据自己几十年的行医经验总结出一个规律，说人将近80%的病是由心理因素造成的，只有20%左右的病是因为细菌感染等外来因素所导致。这和《黄帝内经》把"疾"和"病"区分开来是一个意思。咱们老祖宗在2500年前就发现了这一点，如今也得到了西方现代医学的证明。

所以说，《黄帝内经》虽然是一部两千多年前的古书，但我们不能因此就认定它的思想也是陈旧的。事实上，《黄帝内经》里的很多思想还是全新的，甚至是非常时尚的。只要怀着一颗诚恳、认真的心，我们就能从老祖宗那里挖到很多宝藏。

但是我们如果直接说胃溃疡的病根就是你的心，问题就出在你的心理情绪上，比如总埋怨人什么的，许多人就理解不了。但事实就是如此，甭管你哪个脏器受到损伤了，都跟情绪有关，比如说恐伤肾，怒伤肝，悲伤肺，思伤脾，但是最终伤的还会是心。打个比方说，心是一国之君，不管是军队打败仗了，还是粮库着火了，还是社会治安不好，虽然有直接的负责人，但都因国君而起，又最终反映到国君那里去。

人的病根一般可归结为人体内的三浊：浊气、浊水、宿便。但人们最容易忽略、最不容易找到，也是最难解决的病根却是由心产生的种种不良情绪。这才是万病的根源、病根的病根。所以，人所有的病本质上都是心病。

既然人所有的病皆由失调的七情六欲所引起，这时，就会有人想："人要想没病！是不是只有减少欲望，平平淡淡才能保证身体好啊？"这句话有一定的道理，可是，人的六欲——跟、耳、鼻、舌、身、意都是人正常的感官，我们为什么要过分地压制它们呢？什么样的人才叫有血有肉？七情六欲俱足的人才是。

“慾”字是左边一个“谷”、右边一个“欠”字，底下还有一个“心”。心里面想着吃饭（谷）和睡觉（欠）这两件重要的事，就是欲。

此外，七情只是人在应对外部环境时做出的本能反应，没有什么好坏之分。或许有人会说：“惊恐总不是好的情绪，总不会对人没有什么伤害吧？”其实，若是没有惊恐的警示，又哪来的从容镇定呢？一种情绪从这个角度看好像不大好，但是从另外一个角度看，它就成了优点。

没有哪一个人是天生的清心寡欲。一个人清心寡欲，都是用后天的意志和理念压抑着的。一般来说，这种压抑的状态都不会长久，因为人在压抑的时候会产生一股怨气和一种潜在的抵触心理，因为它不符合人性，不会照着本心走。虽然一个人心理上是压抑着的，但他的生理却不会轻易地听从意志的支配，两者一冲突，必然对身体产生伤害。

一般人骂人会说：“你这个人有病！”但是没人会这么说：“你这个人有胃病！”“你这个人肝不好！”“你有肺病！”实际上，我们说一个人“有病”，指的就是他的不良情绪太多，他的心出了问题。

我们需要再次明确的是，“疾”和“病”是完全不同的东西，一个是外来的，一个是内在的。想要除“疾”，你用外在的方法就行了，但是想要去“病”，你就得用内化的方法，尽量把心里面的绳扣解开。也就是说，你想要治万病，最关键的就是找到解心病的药。

心药靠气血，六神才有主

> 对于外来的寒气，我们可以通过取嚏等放大本能的方法去掉。对于留在体内的浊气，我们则要先把新鲜气血引到丹田，这样人就不会生病了。再引到腿上，人就能够比较强壮。最后到脚心，气血一通畅，人也就能长寿了。

心定是心药的最重要成分

俗话说，“心病还须心药医。”想要治心病甚至祛万病，关键是要找到心药。

一谈到心药，很多人就觉得很玄。其实，它是一个实实在在的东西。

首先，心药里最关键的成分是心定。如果心不先定下来，身体上出现的任何问题您都没法好好思考。其实，不仅是身体上的问题，人生所有的困惑要想彻底得到解决，第一步都在于如何观察，其次才是如何解决。

比如说，一个人心里苦恼得不行，没法消除，就是因为他没看清楚苦恼的原因在哪儿。他要是看清楚了，麻烦也就解决了。

生活中，有人为这件事发愁，碰见那件事还愁，可他愁的原因究竟是什么呢？其实，让人发愁的某件事只是一个诱因，并非他发愁的根源，根源是他的心不定。可以说，如果无法做到心定，那他就算不为这事发愁，遇上别的事也一样解不开结。

有时候,一个人愁出病来了,吃了很多药都治不好,去看心理医生,心理医生就劝他说:“你就不要再多想这件事了。”听上去好像挺宽病人心的,但实际上根本不管用。因为这样的医生没有看到问题究竟出在哪里,故不能祛除他心里忧愁的土壤。

一个人忧愁的土壤是什么?就是心不定。你不知道你在想什么,弄不清楚你想干什么。但只要你把问题都摆到桌面上来,晾一晾,而不再是眉毛胡子一把抓,你就能慢慢理清头绪了。为什么很多人事一多就觉得错综复杂,其实就是脑子乱了,心根本定不下来。

一个人只要气血充足,就能心定

心如何定下来?这是需要能量来保障的,这个能量是什么?就是充足的气血。一个人气血不充足,心绝不可能安定,也绝不可能搞清楚身体和心灵的毛病出在哪里。

为什么说气血充足了,心就能定呢?首先,气血充足了以后,人的呼吸就变得均匀,然后气往下沉,最终存在丹田那儿。一个人要是气老浮在胸口这一块儿,就肯定定不下心来。为什么有的人会得抑郁症?就是因为新鲜气血不足,在体内很多地方都停滞不前。

是什么在让我们的心不定,让我们“六神无主”了?就是一股浊气或一些脏血在身体里晃动,主宰着心灵,让它看不清真正的问题。这时候,我们就需要给它注入能量。影响这个过程的就两个因素:在身体外面的是寒气,会消耗我们内在的能量;在身体里面的就是浊气,会污染我们的血液。

对于外来的寒气,我们可以通过取嚏等放大本能的方法去掉。对于留在体内的浊气,我们则要先把新鲜气血引到丹田,这样人就不会生病了。再引到腿上,人就能够比较强壮。最后到脚心,气血一通畅,人也就能长寿了。

心药有三大重要成分：本心、气血、经络

很多人之所以找不到心药，就是因为心里面堆满了很多脏东西。这就像一个人虽然有一颗明珠，但是这颗明珠跟泥沙混在一起，结果连他自己也找不到了，甚至还想问别人哪儿可以买到。

现在，很多人一谈起心药，就感觉好像就是在说一种劝人向善的东西。这是对善没有一个根本的了解所造成的。事实上，善本身作为一种本心，不是劝出来的。因为，如果一个人不懂得什么叫做善，那你再怎么劝也没用。有时候，你甚至能劝出伪善来。所以，真善是不用劝的。我们平时会说到一个词——“良知发现”。为什么良知能够被发现？就是我们心里本来就存在善。

说了半天，善与心药到底是什么关系呢？

心药跟善一样，需要我们把外面的茧剥掉，呈现出里面的东西。心药不在外层，不是从外面添加进去的。心药就是一种本心，是从人体内部生发出来的。如果你明白了这一点，你就有了用力的方向，也就慢慢找到了先天的力量。在寻找心药的过程中，不管你看到哪个层面，都会’有所收获。

就像人要过河，有的人找到了一条船，有的人找到了一座桥，还有的人学会了游泳，但是不管用哪一种方式，他都达到了目的。实际上，我们讲的心药就是能让你清楚地知道你的身体和人生真正需要什么的一种东西。你

并不需要一个具体的什么灵丹妙药。你能看清楚了,你就有了药。要是没看清楚,这个药就没起作用。

那我们如何去找到心药并让它发挥作用呢?这就要不断地挖掘属于本心的东西。其中,经络是挖掘的通道,新鲜气血则是挖掘这条通道的动力。

当你知道通道,又有足够的新鲜气血,就能找到心药。如果你有充足的气血,但不知道通道,那气血就会白白地耗费掉。

那么,我们要怎样做才能找到这条通道呢?就要从善入手。说到善,我们不要把它当成一种激励、一种劝慰或是一种教诲。善不是这些东西,凡是要靠外界教诲、鼓励才能有的东西,都只是一时的,当时可能会有作用,但情绪一失调,便可能马上又失灵了。所以,要想拥有效力恒久远的心药,就得找到善这种内发的东西。

其实,人对好的东西都有一个逐渐认识的过程。

本来,大家都不知道经络是什么,这时候,你说经络是沟通心灵的东西,肯定没人信。你要再说经络是沟通宇宙的东西,那就更加没人听了。首先,大家从哪儿了解经络?只是从穴位上了解。我一按这个穴位好像有点儿用,这个时候人就会对穴位信任了,进而对经络也就信任了。熟悉经络以后,你就会对经络有一种亲切感,觉得它真是我们随身的药囊,真是可以相信的东西。

这时候,你就会相信经络可以养生治病,甚至会想它还有没有什么外延,希望有一个再提高的东西。这时,我再告诉你,经络不但可以治身,还可以内通脏腑,甚至可以通到精神上,你就能理解了。

人最难治的还是心理上的病,身体方面的倒在其次。因为身体上的病是时有时无的,吃点儿药还能缓解一点,但心理上的病是时刻都发生着的,没根没底,没着没落,不知道找谁去治。因此,人这一生的终级目标还是炼制心药,而这个心药是每个人都有的,只是好多人不知道如何去做。

如何去做呢?

首先,要给心腾出一块干净的地方。剩下的东西你就不用管了,它自己就炼起来了。很多人之所以找不到心药,就是因为心里面堆满了很多脏东西。这就像一个人虽然有一颗明珠,但是这颗明珠跟泥沙混在一起,结果连他自己也找不到了,甚至还想问别人哪儿可以买到。

炼制心药也是这个道理,心药不是额外加进去的。我们养生强体不是要炼出什么心药,而是要把心药旁边的那些障碍搬开。那么,障碍都有哪些呢?从有形的方面来讲,三浊是最大的拦路虎。排掉了三浊,就离找到心药近了一大步;从无形的方面而言,我们要学会保持真心,找到自己真实和善良的那一面。

其实,排除三浊和保持真心也是相通的。真心就是"良心",什么是"良心"?良心就是一颗优质的心,就是身体里充足的新鲜气血。这两者就跟硬币的两面一样,是同时存在的。

宽泛一点说,心药的成份还包括打通经络,但是严格一点说,心药就是善,就是良知。在探索心药的过程中,你可以找到很多东西,比如气血和经络。但是这些东西都像一条有外延的绳子,最终都归结到一个点上,这个点就是本心。我们讲心定,就是要你抓住这条绳子,然后朝着本心奔去,只不过有时候快点儿,有时候慢点儿,但都没脱离这条绳。

你做你该做的，老天做它该做的——对湿气、浊气、寒气的辩证认识

> 治病养生的当务之急就是把浊气排出，把湿气消除，再把寒气拒之门外。您只要把您能做的事做好。剩下的事儿，身体有自己的智慧。

事情太难做，就会厌倦；事情没效果，就难坚持；事情太高深，就会畏惧。养生也是如此，不要搞太复杂了。身体有感觉，就关注它，或者把这种感觉表达出来，没有感觉就不去强调。生活，本来就是不停地感知并仔细体验，就是一个去粗取精、去伪存真的过程。

先让自己强壮，还是先让体内的毒素消解，孰先孰后？这是一个非常重要的问题。不知先后，就会费力而无功。怎么知道先后呢？就是知道什么是我该做的，什么是上天该做的。上天的事情你替它去做，做不好，是河里挖井，多此一举。有些事还是交给上天去做，你就稳坐船头，欣赏两岸的风景好了。你是来享受人生的，你是来体验人生的，别让自己背着债务。你不欠任何人的。心理上不改变，就会随时消耗你的能量。

一个人如果内心积极向上，气血就能在全身顺畅周流，就不会损耗，人也就不会生病。相反，一个想法如果是消极的，思想犹豫迟疑，就会损失一些气血，气血就跟着滞塞，身体就会在不知不觉之中虚弱下来。

悲伤的情绪会让气血停留在身体某处，恐惧也会，生气同样也会。具体停在哪里，每个人有所不同，这需要你在有相应情感的时候留心感觉。记住

它，然后留住你想要的，改变你不想要的。这样，生命就会把能量积聚，把损耗摒弃。

还有，就是要知道一些困扰你的有害之物到底是怎么形成的。例如，咳嗽多是受痰刺激。但是痰是怎么来的？痰是体内湿气化合而生的。那体内的湿气又是怎么形成的呢？原来是体内有多余的水液无法代谢掉。水液的代谢靠小便和汗液。如果小便通畅，水液就不会滞留。如果小便少，汗液就代其排出多余的水。可是这样消耗的能量就很大，而且湿气也排不干净，从而产生湿浊，痰就是常见的症状之一。

空气中有水分，随着呼吸在肺和气管中存留，饮食中有水分，在胃肠中存留。正常的水分是滋润身体的，而多余的水分就是湿浊。湿浊不能及时排出就会形成水肿，还有就是积液和痰湿。这些痰会流注在身体的各个角落，产生各种形式的病症，如高血脂、化脓、感染、静脉曲张、脂肪瘤、淋巴结核、湿疹、眩晕、过敏症，甚至咳痰、打酣等。许多看似全不相干的病症，也都是湿浊或者所谓的痰造成的。

身体里还有一个随时都会产生的有害物，那就是浊气。气本是一股能量，如果不被压抑，在身体里自由驰骋，那人一定是精力充沛、活力四射。因为气为血之帅，正常的气会推动血液在周身奔流不息。一旦被压抑，产生不良的情绪，便成了一股怨气，一股浊气。如果伴着愤怒，这股被压抑的气就会变成一股邪火，在身体里乱撞。气有余就是火，便会导致各种热症、炎症。你看这个“炎”字便是由两个“火”组成的。

如果伴有怨恨，这压抑的气就成了一个气团，躲在身体某个角落，逐渐形成一个肿物。如果伴着忧虑恐惧，气往往会和湿浊混在一起，形成囊肿或者别的什么有气有痰的病灶。

身体还怕一样东西，就是寒气。不管是外界的风寒，还是人为制造的寒凉之气，如空调、冰箱制造的产物。有的人之所以喜欢冷饮、凉风，不是身体真的需要，而是因为心火或肝火郁结、闭塞在体内不得宣发。

火气最好的宣泄途径就是出汗。就像屋里闷热打开窗户一样，毛孔就是身体的窗户。其实，汗之所以不能及时排出，就是因为皮肤表面有积累的寒气。这就叫冰包火。

还有一种人是上热下寒，由于腹部湿气、浊气阻碍新鲜血液下行，使得人的能量过多积聚在上半身。结果，寒气从下半身乘虚而入。于是，上半身常常上火、发炎、起痘痘，下半身却因血少而寒凉。这时候，当务之急就是把浊气排出，把湿气消除，再把寒气拒之门外。您只把您能做的事做好，剩下的事儿，身体有自己的智慧。

做超过自己能力的事就会生病

那些觉得自己活得很累的朋友，不是生活太苦，也不是你能力不行，很可能只是你还没找到自己的位置。人活一世，难就难在找到适合自己的地方。找着了，你就能活得轻松，过得快活。

现在的人大多活得很累、很痛苦，为什么呢？

原因之一就是一个人有十分的能力，却要做十二分的事情。事实上，一个人想要真正的幸福、快乐，就应该在可控制的范围内做事，有十分的能力，做六分的事情。这样，他才会很愉悦，很轻松，还有成就感。这样的生活也会让自己凡事留有余地，不会形成损耗。但是，许多人总是想着超越，顶着巨大的压力，干着十二分的活儿，结果身体严重透支、损耗。

生活中，有两种人是有福的：一种是有能力做事，又有事情可做的；一种是没有能力做事，又可以不做的。前一种人很顺利，愿意做很多事情，又总有事情可做，最后还能凭借自己的努力取得成果，这种人有福。后一种人是没能力，或者根本就不想做事情的，那也没关系，只要他有那个条件，比如说，祖上给他留下了一大笔财富，后院跟科威特、阿联酋这些国家到处是石油似的，随便一挖就是装满黄金的宝箱。碰到这两种人，咱们都只能羡慕，因为他们不管是想做事，还是不想做事，都有老天照顾。

但是生活中，大多数人是介乎这两者之间的，比如说想做事，但总是没那个条件或那种能力，还有一种是没那个福分，不想做事但偏偏还得去操劳。这时候，我们应该怎么办呢？其实，我们只要仔细想一想前面那两种人，就会发现，他们都是在“顺乎天意”。怎么理解这个“顺乎天意”呢？也就是他们所做的都是老天给他们界定的范围之内的事情。这是一个大原则，谁也不能违背。否则，一个人费了半天劲，最后又回到原点，吃力不讨好。

什么是太极呢？太极其实就是在找位置。那些觉得自己活得很累的朋友，不是生活太苦，也不是你能力不行，很可能只是你还没找到自己的位置。人活一世，难就难在找到适合自己的地方。找着了，你就能活得轻松，过得快活。

要健康，须自律

一个人不自律，就是一盘散沙，难以成塔，就是一锅温水，难以沸腾，就是一个泡沫.转眼破灭.就是一片浮云，随风飘散。

“律”这个字左边是个“彳”(chi)，表示路口；右边是个“聿”(yu)，指古时的毛笔。“律”字的原意是笔直的道路，后来引申为规章、法度等。

既然是笔直的道路，那就是一条捷径。学数学的时候，我们知道直线的距离最近。人生苦短，如果能有一条成功的捷径可走，那真是件喜出望外的美事。那这条捷径是什么呢？就是自律。

现代人心里很多压抑，而且时间太长，很多人喘不上气来。比如哮喘病就与压抑密切相关。此时，大家都希望能够减减压，松弛松弛，甚至放浪形骸一下，不愿再听到“规矩”“条理”“准则”这些字眼，尤其是道貌岸然的什么“自律”。

是呀，人生活在大自然当中，是大自然的产物，本该是自自然然，潇潇洒洒的。可不知为什么，好像总有许多事情困扰于心，别别扭扭，难以解脱。那到底是什么困住了我们呢？

其实，不光是现代人，自古以来，人就充满了烦恼，每个时代的哲人，不同宗教的经典，都是在讨论如何解除烦恼、让人精神快乐的方法。如《金刚经》开篇就是须菩提长老提出的人生问题：如何降伏其心？他说：“佛祖呀，我们的心里太乱，身体内烦恼太多，请您给我们讲讲，怎么才能让悸动的心平静下来。”

禅宗的道信和尚也曾向他的师傅请教：“愿和尚慈悲，乞与解脱法门。”

师傅反问道：“谁缚汝？”（谁捆绑你了？）

道信道：“无人缚。”（没人绑我）

师傅笑了：“何更求解脱乎？”（既然没有人捆绑你，还求什么解脱之法呢？）

绳索，如果拿来渡河，就是浮桥，用来爬山，就是石阶，用来攻城，就是云梯。但如果缠在身上，就是枷锈，就是锁链，就是作茧自缚。

人都是活在观念当中的，这根绳子就是一个观念。有时，一个观念人们会终生恪守，尽管没有人强迫非遵从不可，他却当成了不能更改的信条。

有的观念让人获益终生，有的却让人倒霉一辈子。一句“人争一口气，佛争一柱香”就把许多血气方刚的年轻人投进了监狱。而邻居大姐的口头禅是：“人怕活，活怕干。”这几个字让她勤劳半生。

还有许多诸如“人无外财不富，马无夜草不肥”“在家靠父母，出门靠朋友”“酒中不语真君子，财上分明大丈夫”等“俗话说”或“常言道”。很多貌似很有哲理，实则似是而非的理念最让人迷惑。

其实，所有的理念都无所谓绝对的正确、错误，不过是一时方便的工具。这些工具如果与我要去的地方相一致，它就是一艘快船；如果相背离，它就是一处暗礁。那如何辨清方向，让我们乘风破浪，梦想成真呢？简单的方法就是自律。

自律是什么呢？自律不是压抑情感，自律不是墨守成规，自律不是把自己装进套子；自律是节省精力，自律是排除纷扰，自律是心无旁骛的置心一处。

人的能量需要积聚，需要整体运行，就像龙卷风，会按照一定的轨迹旋转急行,无坚不摧。人怎样才能像龙卷风般威猛无敌呢?那就是身心要合一,也就是形意拳当中的一句心法口诀:“一合无一不合,一动无一不动。”

说到练武功,大家都崇尚“无招胜有招“的境界,可您要是真的一招不会,那还真胜不了那有招的人。所谓无招,不是真没有招,是有无数的招。这无数的招由于与心意相合,也就变成了一招,这一招就是“变招”,这一招就是“无招”。

那这高明的“无招”从何而来呢,其实都是自律而得。

不自律,人就是一盘散沙,难以成塔;就是一锅温水,难以沸腾;就是一个泡沫,就是一片浮云,转眼破灭,随风飘散。

养生就是养心,养心就是自律,就是心无旁骛,一以贯之。

第二章 健康金刚经

挖掘人体潜能，炼出先天内丹

有的人今天熬点儿汤喝，明天在公园里学个小功法去练，结果今天有点儿用，明天又没效了，这样下去只能是事倍功半，甚至是南辕北辙。花费的精力很多，收获却很少，这就是没有找到原动力的缘故。

人身上有很多潜能，但很多人辛辛苦苦地寻找了一生，却什么都没有得到。但如果发现了这些宝藏并将其用在自己的身体上，我们的能量就会马上成倍地增长。这种力量不是外来的，而是每个人身上本来就有的一种动力。

外来的助力都是临时用来救急的东西。北京有一句老话叫“救急救不了穷”。从外部寻找来的助力都不能让您长久健康，最终还是要靠我们发掘自身的潜力。

潜力，我们可能忙碌了一生都不知道是什么东西，更谈不上挖掘了，就像一朵花还没开放就枯萎了。很多人年过花甲，老感觉这一生都没怎么使出劲儿来，总想再强壮一点，再精神一点，但就是心有余而力不足。要是接近古稀，就更加有心无力了。所以，养生的关键就是要及早发现自己身上的健康潜能，让它发挥效用。

有人说：“我现在都 80 岁了，是不是已经没有这个能量储备了？”不是的，您照样有，因为您一辈子都没怎么用它。就像您有一仓库的物品，却只用了一箱子、一笸箩,还有很多东西都搁在那儿没用。

如果您找到生命的原动力,每个人都可以活到120岁,这并不是什么天方夜谭。但是如果找不到,就只能按照你今世的宿命生老病死。虽然这也是一种自然规律,但是很可惜,因为您的源头本来有一桶水,可您只喝了一碗就结束了生命。

说到潜力,有的朋友会说,我不懂什么潜能,你最好告诉我哪个穴位一揉,就能把我的血压从150降到120。或者说,我经常头疼、胃疼,你能不能告诉我一个穴位,一按就不用吃药了。

世上有没有这样的东西?有,可是这种一招一式,也只能暂时缓解病痛,不能让身体长久地保持健康,因为它祛不了根。我们不需要今天给一点儿救济,明天给半碗米饭,我们需要自己发现一个粮仓。只要把这个粮仓找到,身体自会源源不断地供应能量。我们自己本来就拥有自愈的能力,只是还没有发现而已。

有的人说:"我该锻炼的也锻炼了,可最后还是会生病,这是为什么呢?"其实,原因很简单,就是您没有找到生病和健康的根本原因,没把力使在刀刃上。

所以,我们要想让身体真正地好起来,就得找到本源的东西。俗话说,"水在源头自清,绳在结处不乱"。想找到清水,就得上源头去找,想要解开绳子,就得找到绳子扣,不然就会白费时间和精力。

有的人今天熬点儿汤喝,明天在公园里学个小功法去练,结果今天有点儿用,明天又没效了,这样下去只能是事倍功半,甚至是南辕北辙。花费的精力很多,收获却很少,这就是没有找到原动力的缘故。

外来的东西都是随时来、随时走的,它是一个变量。您要想找到一个一劳永逸的养生办法,就得从自己身上找。找到了自身的能量库,我们就能祛疾养生,活到天年。

像农夫看守果园一样意守丹田——天下强肾第一功

当我们把注意力都集中在丹田时，血液就会跟着聚集于此，并逐渐转化为肾精，而肾精是强壮身体、延长寿命的本钱。我们把血液成功地转化为肾精之后，还要把它储存起来，不让它轻易耗费掉。

很多人问我为什么要意守丹田，有什么好处？

为什么总守不住呢？

丹田就是脐下三寸，关元穴的位置。有人说，我想精确点，能不能用尺子量一下？

没必要，越量越远。既然叫丹田，就像田地一样，不是一个点，而是一个范围，您只要在这个圈里就行。

“脐下三寸”还有一种解释，就是肚脐往腹内三寸。这样意守更方便，守着肚脐眼就行。

意守是什么意思呢？

就是把您的注意九总是集中在这里，就像一个看守果园的农夫，总是关注丹田这块地方。

总想着丹田有什么用呢？很简单，就是希望把更多的血液灌注在这里。血液聚在这里的目的，就是把血液转化成肾精，而肾精是强壮身体、延长寿命的本钱。

转化成肾精，并不算完，还要把肾经储存起来，不让它轻意耗费出去(精满则溢，不及时收藏就会随欲念而出了)。接着，把肾精变成骨髓，填充到督脉，也就是脊椎，最终进入大脑，成为脑髓。这个过程也叫做“还精补脑”。

脑髓充足，人才会真正获得智慧，也才能真正健康长寿。所以，意守丹田的目的，就是从后天重返先天，找到生命源动力的过程。我们与母亲从脐带断开，也就开始从先天进入了后天。

因此，肚脐是人进入先天的门，又称“神阙”，“阙”就是宫殿的大门。

再看关元穴。元为元气，关为门户。“一夫当关，万夫莫开”，所以您可要守住这个元气的关口，这样必能强壮。

换句话说，意守丹田就是要强壮我们的肾。肾为先天之本，《黄帝内经》说肾为“作强之官，伎巧出焉”。作强，就是精力充沛；伎巧，就是富有智慧。

意守丹田，看起来很有诱惑力，许多人已经摩拳擦掌，跃跃欲试了。先别忙，听听尝试过的人都怎么说。很多人说，丹田根本守不住，一会儿心思就飞走了。有人说，一守就头发昏，想睡觉。有人说，我守得住，肚子发热了。还有人说，我一守就阳举，性欲旺盛。

通常，大家喜欢在打坐的时候意守。其实，这只是个形式。意守丹田可以在任何时候、任何地方，坐着、站着、躺着、走着都行。只要注意力能集中在丹田，就算是意守了。

但意守丹田却不是所有人都能马上做到的。先要排除干扰，扫清道路才行。干扰是什么？就是体内的三浊——浊气、浊水、宿便，但根源还是浊气。浊气一消，浊水、宿便也就随之消解了。没有这一步，你的新鲜血液就聚不到丹田，又何谈“还精补脑”呢？

你体内的浊气有多少，你的病痛就有多少，你的烦恼就有多少。你的悲伤，你的忧虑，你的恐惧，你的偏执，你的心慌意乱、六神无主，都是体内浊气的表现。所以，要想远离病痛，心定神安，就要先排出浊气。

有人说：道家修道，打通周天，造炉铸鼎，五气朝元。非常高深玄妙，岂是等闲之辈可以掌握？可谁又是等闲之辈呢？别看轻自己。古人爱用比喻，道家多有玄虚。生之为人，就与生俱足。智慧不是学会的，您本来就有，不过是人的潜能，只要把它找到，然后发挥出来就行了。

放大自己的本能反应

一个人身上痒了就想挠一下，这是本能，也就是下意识的反应。但是我们把它放大就成了刮痧。实际上刮痧就是被放大的下意识，痒的时候一刮就好了。

把下意识的行为放大，就是强身的好方法

我在前三本书里一直强调要大家学会倾听身体的声音，但是，光倾听身体的声音还不够，还要达到和身体对话的目的才行。

怎么与身体对话呢？

其实，下意识就是身体与心灵的对话，通俗点说，就是身体对外界发生的一种反应。什么叫下意识？比如你身上痒了挠两下，害怕时捂上脸，一见强光就赶紧闭眼，这都叫下意识。

因为下意识是一种本能的东西，所以很少有人关注。其实，本能里面蕴含着非常深刻的意义，因为它是人体本来就有的能量，也就是原动力，是以无意识的形式表现出来的。

那什么叫无意识呢？比如起风了，我马上起了一身鸡皮疙瘩。这个完全不是我能控制的，不会我叫它起它就起，我叫它停它就停。所以说，无意识和下意识是不同的。

无意识是人类适应大自然的本能，身体就是通过它发挥自愈能力的。下意识介乎有意识与无意识之间，是沟通两者的桥梁。把握住下意识，我们就能找到无意识，实现身体和心灵的对话。

比如说，一个人肚子胀了就想去推一下腹，或者鼻子酸了就不由自主地动一下，这些都是下意识。我们如果能够经常这样跟身体对话，就能逐渐感受到它的存在，也就离无意识更近了。

同时，我们还要注意强化下意识。因为下意识是人的本能演化出来的一种东西。只有找到接近本能的东西，才能找到人的原始力量。

之前介绍过的推腹法就是教大家如何强化下意识的，只不过，我把它放大并加入了很多人为的方法。比如，一个人身上痒了就想挠一下，这是本能，也就是下意识的反应。但是我们把它放大就成了刮痧。实际上刮痧就是被放大的下意识，痒的时候一刮就好了。因此，想要强身健体，就一定要从下意识入手，并有意识地把它放大。强化下意识，就是强化人的本能，就是强身的好办法。

下意识是修复你身体病灶的最好医生

打坐时，盘腿时间久了，身体有些部位就会麻了、木了。这种麻和木的感觉是身体发出的什么声音呢？

一般来讲，局部麻了就说明血液平时在麻的这个地方流通不畅，此时应该赶紧开始推腹，把气血推到腿下面去。

原来你可能盘腿三分钟就麻了，现在推完腹之后你能盘五分钟，然后再继续推。慢慢地，你的气血就会越来越畅通。可能原来要推50次才能不麻，现在隔好久才要推一次。所以，通过推腹，我们就能知道放大后的本能是怎么指引自己强身健体的。

当你打坐的时间越来越久、心情越来越快乐的时候，实际上就是你开始倾听身体的声音，和它消除隔膜甚至与它水乳交融的时候。所以，下意识就是你修复身体病灶的一个修理工，用它来强身是最好的方法。

冶炼心药，从打坐开始

打坐的方法有很多，可以练经络，可以练声音，但是最终的归宿却只有一个，那就是把新鲜气血引到丹田这一块。明白了这一点，您就掌握了打坐的要诀。这时候，哪怕是听着流行音乐，您也一样可以轻松打坐，达到您想要的强身目的。

可以听着流行音乐打坐

一说打坐，人们通常会联想起修炼的高僧、道长，或者什么武林大师。

崇敬之心一起，打坐这个本来自得其乐、类似舞蹈般的健身游戏就显得庄严而枯燥了，再加上担心走火入魔，就更不敢去体验尝试了。

打坐时您可以正襟危坐，也可以手舞足蹈；可以缄默无语，也可以哼着小调._可以置心一处，也可以浮想联翩；可以意守丹田，也可以内观脏腑；可以回味余香，也可以静听肠鸣；可以修心冥想，也可以练腿拉筋。总之，没有一定之规。

打坐，不是打个木桩，然后把你捆在上面坐着(佛家比喻为“枯木禅”)。打坐，打的是鼓乐，坐的是浮云。随机变化，妙趣横生。

打坐的好处真是太多，但不知是谁给设了个高高的门坎，大家全都望而却步。

打坐可以帮你找到腿上的哪根经络不通。打坐时，很多人腿盘不上，有的因为筋骨僵硬，有的因为关节酸痛，这些就是经络不通的地方。你就边打坐，边在不通的经络上拔罐、按摩、刮痧、敲打。很快，你就可随意地把腿盘上了，什么金刚坐、如意坐、迦趺坐，想怎么坐就怎么坐。虽然打坐不是为了坐，可是你如果连坐都坐不好，又怎么有兴趣去打呢？

通过打坐，你就知道瑜伽怎么练了，依此通经络的方法，很多高难的动作也可以很快学会，而且韧带不受损伤。

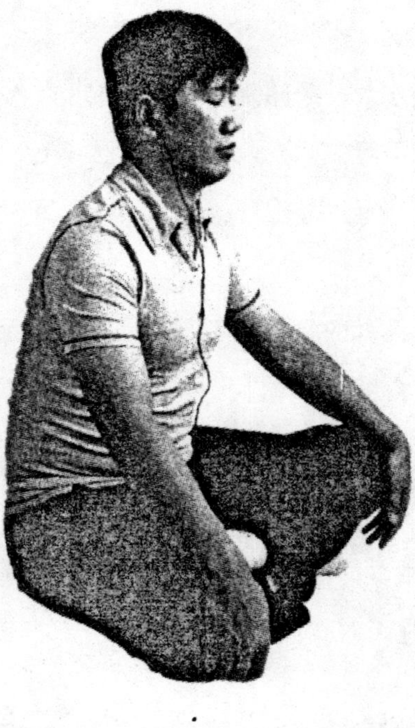

打坐不拘形式，甚至可以听着流行音乐打坐。

打坐最能增强人的自信，因为当你稳稳当当、威然盘腿而坐的时候，你就体会到了什么是自尊，什么是从容，什么是大将风度。这时，还用别人给你自信吗？

打坐最能获得灵感，你不用绞尽脑汁去思索，你不用惮心竭虑去探求。一切都是不经意，不期然，像流星倏然入怀，像灯火瞬间照亮。

大家还记得动画片《一休的故事》吧。一休小和尚一遇难解的问题，不是皱着眉头苦思冥想，也不是去书本中寻找答案，而是静静地打打坐，答案自然就有了。很多人觉得这是夸张的故事，其实，这才是真真切切的方法。

打坐最方便简单，不分场地（有人追求风水道场），不分时间（有人刻意子午吉时），不分男女老幼、病弱强壮。因为各人有各人的打法，每人有每人的目标。只要打坐打得高兴，打得放松，打得自然，打得随意，就找到了打坐的真谛。打坐只是个方法，是个阶梯，是个玩具。

别想着要从打坐来成仙得道，只是借此找到活生生的真实感觉，你就不用担心走火入魔。

只有不知变通、一根筋的人，才会一条路走到黑，才会走火入魔。

当有人告诉你这个不行那个不行，总之是光靠你自己不行，只能低头求助于人，只能俯身拜师求道，受人教诲，再苦苦修行几十年，我劝您，别听他的。

真的，没什么不行，除了你自己真的相信你不行。

打坐是自我学习、自我修炼、自我回归、自我提升的捷径。同时，打坐又是自我感动、自我陶醉、自我抒发、自我宣泄的出口。

打坐是一种环境，一种氛围，是一亩田原，一片天空。

我们自身百药齐全，我们自己万灵俱备，我们衣食无缺，能量无穷，每个人都应该活得像个国王，才不负苍天对我们的恩赐。

打坐分好几种

打坐的目的有很多，有的人是为了练盘腿，有些人是为了静心，还有些人是为了通经络。

但不管是哪一样，只要目的是好的，那么我们就可以不拘形式，不一定每个人打完坐之后都得达到某种效果。

比如,你要是能够通过打坐学会盘腿,这本身就是一件好事。至于具体的练法,你侧重于形体,还是侧重于内心,都没有多大的区别,关键是自己的感觉要对。

打坐可以增加您的自信心。

有些人喜欢打坐的时候念咒,比如说念大明咒,用声音来震动自己的经脉,疏导自己的气息。

这样的方法挺好的,但是如果您不喜欢或者不习惯,那也没关系,您就静静打坐好了。总之,"旁门三百六十条,各有各的道",一切随缘。

关于打坐的方法有很多,可以练经络,可以练声音,但是最终的归宿却只有一个,那就是把新鲜气血练到丹田这一块。明白了这一点,您就掌握了打坐的窍要。

这时候,哪怕是听着流行音乐,您也一样可以轻松打坐,达到您想要的强身目的。

尽管打坐不是为了坐，可是如果连坐都坐不好，又有谁会对打坐感兴趣呢？

一法打通人体全部经络

> 一打坐，您就知道了自己哪里酸、哪里痛，应该从哪里开始疏通。揉着揉着，就会感觉到由痛变酸，由酸转正常的滋味了。您只要每天这样修复一点点，您的身体就会越来越强壮。

一个人打坐的时候，一盘腿，就可以把气聚集在丹田之下，就跟生了一堆柴火似的，不但肚子这块热，腿也会感觉暖洋洋的。为什么会这样呢？因为你不打坐的时候，能量是分散的，但是你一打坐，就把能量聚集起来了。

积聚自己的能量，然后把它点燃，就是您打坐所要达到的一个功效。

不过，最好是通过自然生火的形式来让能量燃烧，不要加入太多人为的因素，否则反而会对身体产生消耗。有些人非得使劲，一心想用意守住某个地方，结果适得其反。

万事万物都是这样，一旦加入"人为"两个字，它就变得不自然了。

那么，我们怎么让身体的能量自然而然地生成呢？

打坐的时候，我们必须找到一条通道，哪怕这是一条没有用的路，我们也得借助它冲破阻碍，走到有用的地方去。问题的关键是找到这条路的路口。找到了路口，我们就能顺着它找到答案。

怎么找呢？有些人觉得应该意守丹田，至少要学会静心。可是这样一般人不仅很难做到，而且未必有效。这里，我给大家提供一个更加简单还很管用的意守办法，那就是身体哪里疼就守哪里。

比如说，你盘腿的时候发现自己根本静不下心来，而且腿也疼。那么，此时，您就可以定下心来，先找到腿疼的地方，可能疼处是胆经的原穴——丘墟穴，这就说明您的胆经在这一块儿不通了。

那您就先顺着胆经揉一揉，等它不怎么疼了再盘。这时候，您就会发现，自己能盘得比刚才高了。可能刚才还只能单盘，现在就能开始尝试双盘了。

双盘时如果又有一个地方疼。那您再把疼的那条筋敲一敲。这样一来，在盘腿的过程中，您就能把那些不通的经络逐渐打通，而您的体质也在不知不觉中飞速提升。

这些东西就是您自己掌握的，最终会变成您自己的内力。如果打坐时您觉得疼就干脆放弃了，或者今天练一下，明天就不练了，打坐也就失去了它的灵性。

就在这个逐渐打通经络的过程中，您就逐渐开出了一条道路。而所谓的路口，其实就是您不通的地方。养生就是要学会自我修复，这要靠大家“没病找病”才能做到。什么叫“没病找病”？就是没打坐的时候，您不知道自己哪里不舒服，但是一打坐，就知道了自己哪里酸、哪里痛，应该从哪里开始疏通。揉着揉着，就会感觉到由痛变酸，由酸转正常的滋味了。您只要每天这样修复一点点，您的身体就会越来越强壮。

这时，您就自然而然地学会静心了。为什么这么说呢？本来，您想意守丹田，关注点是在丹田，可身上酸痛使得注意力无法集中，结果越守越乱。可现在您哪里痛就关注哪里，意念也跟着酸痛的地方走。比起守丹田，这种做法就容易得多。当注意力慢慢地跟着一条条经络上的痛处走的时候，您的意念就能集中，逐渐就能开始静心。

到这种程度，再让您意守丹田，就会容易得多。随便守哪条经，您都能轻松做到，因为您已经找到了守经的感觉。相反，要是您不这么做而去硬守丹田，就很难办到。更何况，这时您也会因为没有对比，体会不出什么是静心，什么是杂乱。但是经历过这个对比的过程之后，您就会发现，原来所谓的静心并不是什么都不想，而是平静地关照自己身体的各种感觉。

同样，所谓的意守丹田，也就是让我们学会集中注意力，把意念引到我们所要到的地方去。丹田是活的，如果您要死守着某个部位，那您一定得不偿失。

可以说，凡是您能把气集中的地方，都可以叫丹田，反之都不是。比如有些人学枯木禅，像一根枯木似的呆坐在那里，而且强迫自己去死守某个部位，结果时间一长就坐不住了。其实，这种打坐方式错就错在把人当成了枯木，毕竟，人是会运动的活物，而且丹田也是会变化的。

实际上，通过打坐，我们能迅速发现身体上的毛病，得知自己身上哪些经络不通。发现这些问题后，您就能有针对性地进行调理。

过去，有人一提到倾听内心的声音，就觉得很玄虚。其实，它一点都不复杂，关键在于意念。我们可以先问一下自己：身体会发出哪些声音呢？我们想倾听什么呢？声音是从肚子发出的吗？还是从身体的其他部位？这些都不必急着下结论。

我们只要在打坐的过程中学会关注痛的地方，哪里疼“听”哪里，就会慢慢地掌握这种“听”的方式，比如说，我们可以“听”到身体酸痛的感觉，可以“听”到刺痛的感觉，还有气血畅通之后身体十分舒服的感觉。我们可以“听”得特别详细，不管身体有多么细微的变化，我们都能感知得到。这时候，你会发现，自己已经能够听懂身体的声音，并且实现身体与心灵的对话了。

修道先从还精补脑练起

> 当人心里清静的时候，就可以通过一些方法把精补足。对于男士来讲，就可以把自己的精力练得比一般人强许多。

“道”这个字好像挺莫测高深的。其实，修道并不难，不用古人炼丹时用的铸鼎那些方法，我们也完全可以修道。

比如意守丹田法，一般人三年都守不住，为什么呢？因为他们是在硬守。硬守行不通，因为一肚子浊气都在丹田那儿堵着。这时，如果真气冲击丹田、激荡浊气，就会导致人胡思乱想。

这个时候就应该采用推腹、吃牛蒡汤等方法，赶紧把浊气先排出去，这样你的脑子才不会乱想，才会非常清醒。

每一种思想都对应着一种生理上的症状。所以，只要人的身心顺畅，就很容易学会一些比较深的健身功夫，比如筑基。当人心里清静的时候，就可以通过一些方法把精补足。对于男士来讲，就可以把自己的精力练得比一般人强许多。

精力充沛了怎么办？可以挥霍，也可以储备起来，还精补脑。怎么还精补脑呢？简单点说，就是把肾精变成脊髓，脊髓充足了，最后变成脑髓。所以，中医说：“肾精生髓，脑为髓海。”

其实，还精补脑等道家养生功法并不像有些人说的那么难，它不过是把人体的新鲜气血引到关元穴，然后在这儿停下来，再把浊气排散，让气血越聚越多，最后变成肾精；肾精足了以后，再充到脊椎、脑中来。整套功法就这么简单，没什么难的。

所以，人要想强壮，就必须肾精充足，这是最关键的。有的人说，把肝练好点儿，它的解毒能力强了，人就不会生病了。也有人说，把脾胃调养好点儿，就能活得长一些。但是，这些都不能让人真正地强壮起来，因为你还是没有找到先天的宝藏，总是在后天使劲，结果只能处于吃不饱、饿不死的状态。所以，人要想富足得像国王，就得把先天的宝藏挖出来，而方法就是还精补脑。

要想强壮，就要壮大生命力，生命力是什么？它是一种孕育的能力，生命靠此延续。这个东西一旦衰败，人体的生命之根就坏了。

宇宙的万物都是相通的，人要健康长寿，就要道法自然。

意守丹田、导引气血的三大绝招

生活中，很多人膝盖痛并不是膝盖缺血，而是肠胃从一开始就存在问题。如果您能够通过练习这些方法让新鲜气血冲击肠胃，并引到丹田，那您就迈出了走向强壮的第一步。此外，如果我们又能把意念导引法和其他很多方法结合起来，效果还会更好。

有些人说："我想把气血聚集到丹田这儿，可是注意力一直无法集中，身上也没什么地方特别酸痛，您还有没有什么好的方法？"

其实，想要做到意守丹田，打坐是最好的方式，但是要求你要有一个平和的心理状态。一个人要是心里很乱，就很难做到全神贯注和把意念完全集中在丹田上面。不过不要紧，我们还可以借助外力，把注意力吸引过来。在这里，我就向您介绍几种集中意念的方法，让您顺利地把气血引向丹田。

第一种：蹲行炼丹术

这个也可以叫蹲步走，很简单，就是蹲下来，环抱住膝盖，然后一直往前走。请记住，做蹲行炼丹术的目的是让腰用力。换句话说，就是为了让腰"走"。当腰成了行走的原动力，气血才能不知不觉地聚集到小肚子处，您每天这样练一会儿，肚脐和腰的感觉就会非常舒服。

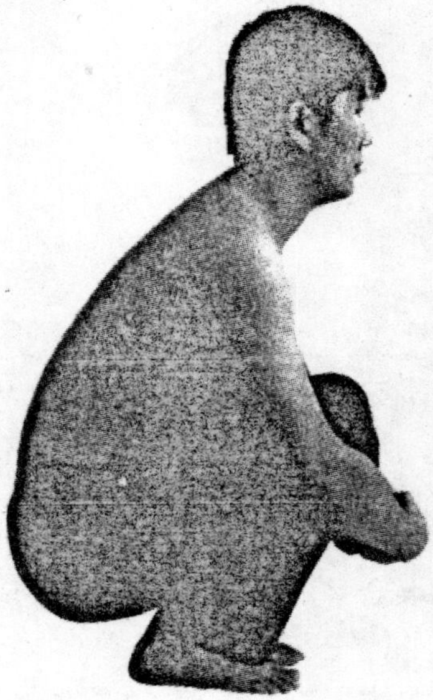

蹲行示意图

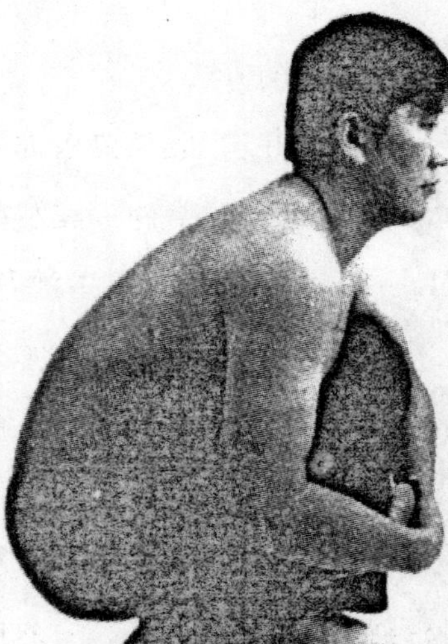

蹲步走的目的是锻炼您的腰，腰一好，肾的功能就强壮。

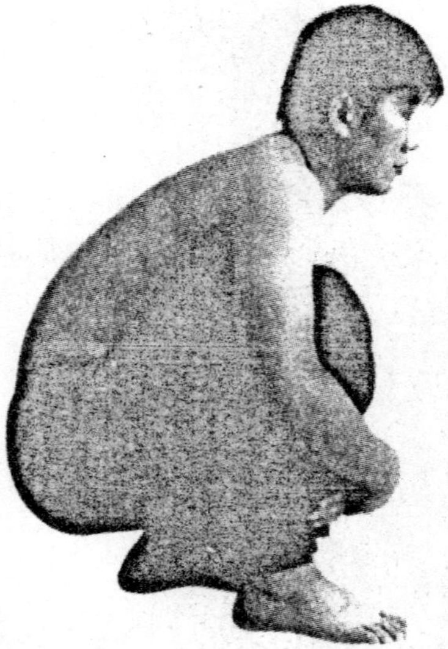

蹲行示意图

扎马步向前走的起式

扎马步往前走和蹲步走的道理是一样的，都能让气血更快地流到丹田，修复病灶。

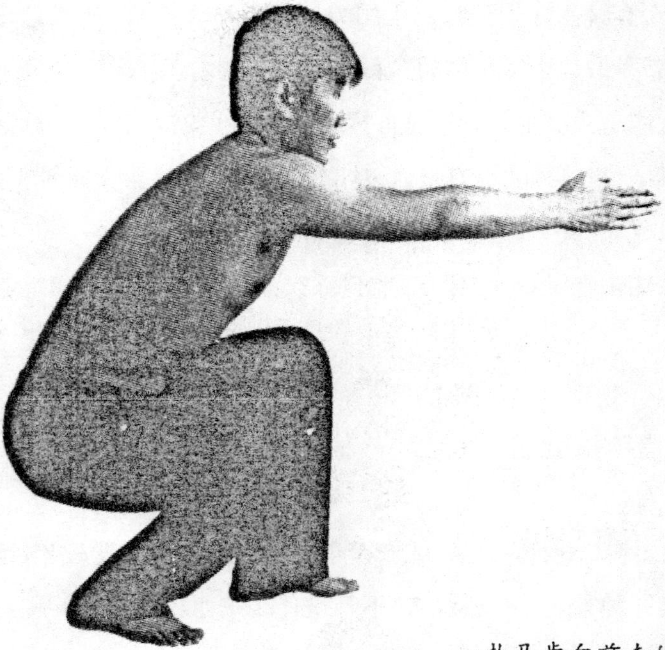

扎马步向前走的动作示意图

蹲步走有哪些好处呢？由于用力的部分是在腰部，所以这个动作最直接的作用就是锻炼中医所称的“肾之府”——腰。

同时，蹲着走会把新鲜气血自然地引流到小腹部，肚子一会儿就热了。

如果肚子里哪处要是有瘀血，这时候用手一按就能感觉到。

另外，气血导引到这里之后，就会开始冲击修复病灶。

所以，蹲步走对胃寒、便秘、前列腺疾病、妇科病、男科病等都有明显的改善功效。

第二种：搓手捂肚脐

如果您嫌蹲步走太麻烦，或者做了一段时间后感觉比较累，那您不妨休息一下，换一种方式。一般说来，不管是什么东西，人们单用一种的话，时间一长就会厌倦，甚至有一种疲劳感。

但是两种以上的方法配合着使用，效果就会好得多。

接下来要说的这个方法也很简单，就是把手搓热，然后放在肚脐眼上，这时，您会感受到一个热度。您什么都不用想。

只要感知热度就行了。当您感知的时候，身体其他部位的气血自然就会奔向您所关注的地方。

为什么会这样呢？当您把手搓热以后，手就会和其他部位产生温差，这时一直想着热的地方，就能很轻松地导引气血。

其实，不光是热的时候会这样，就是它冷了，气血也能冲那块地方去。只要你让这块部位的温度跟别处产生温差就行了。

然后，您用意念一直守着它，气血就跟着过去了。

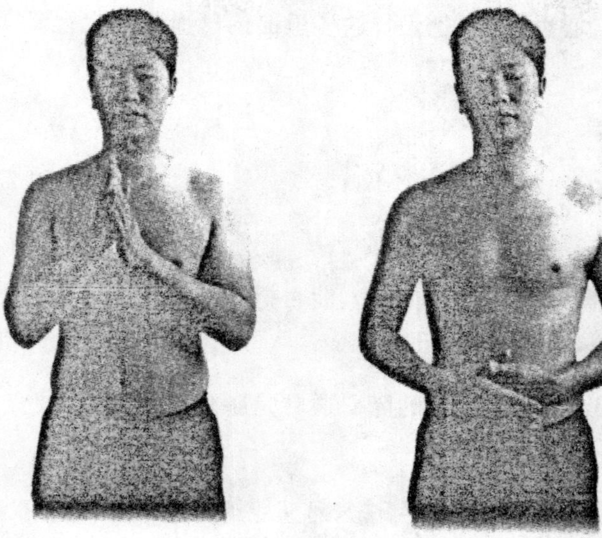

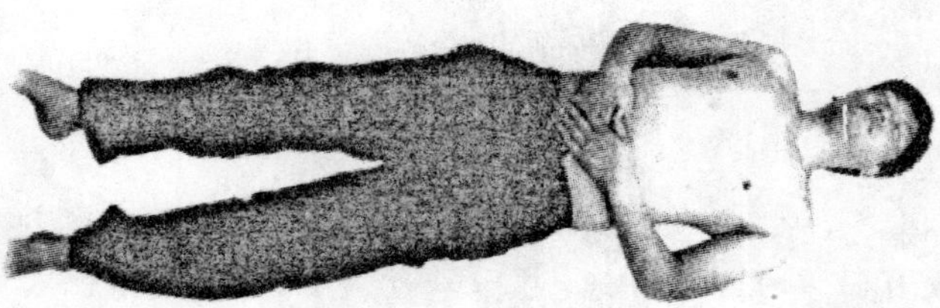

搓热双手捂在肚脐上，注意力一下子就集中在此处了，不用专门去意守，新鲜气血轻松就被导引于此。

第三种：在肚子上放热水袋

我们想明白了这个原理后，就可以举一反三地使用了。

所以，不管是搓热了双手捂肚脐，还是用别的造成温差的方法，都只是一个外在的形式，最终都是为了把注意力成功地吸引到丹田部位。

我给大家介绍的第三个方法就是这么推导出来的。

您要是嫌蹲步走或者搓手掌太麻烦，可以直接在肚子上面搁一个暖水袋，然后把全部的心思都放在上面，这样里面的气血就会自己动了，就这么简单。

第四种：多种组合术

很多人都觉得双盘是判断一个人能否把打坐坚持下来的一个标准，有些人不能做到，就觉得很遗憾。

其实，不能做到双盘，最大的障碍通常是膝盖不能放平，硬盘的话会膝盖痛。

这时候，您完全可以先用跪膝法来迅速缓解膝痛，从而完成双盘。

打坐有困难的朋友，可以先练跪膝法，一段时间后，就可自如地进行打坐了。

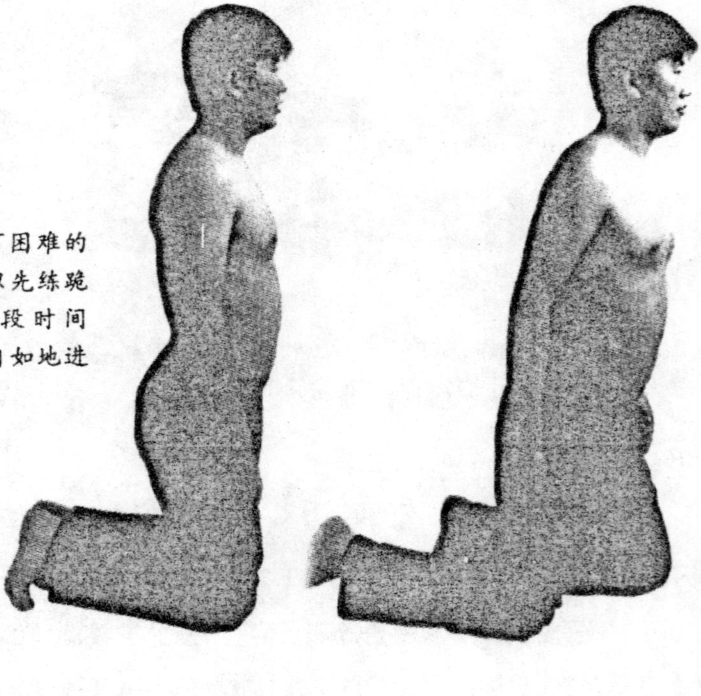

跪膝行走是迈向强壮的第一步。

其实，这也是导引气血到丹田的一个方法，完成后，再配合蹲步走的话，会觉得更舒服，效果也更加明显。

生活中，很多人膝盖痛并不是膝盖缺血，而是肠胃从一开始就存在问题。

如果您能够通过练习这些方法让新鲜气血冲击肠胃，并引到丹田，那您就迈出了走向强壮的第一步。

此外，如果我们又能把意念导引法和其他很多方法结合起来，效果还会更好。

比如说，您今天有些不舒服，单用嗅玫瑰导引术（腹式呼吸法）来安心宁神，效果不是很明显，那就可以尝试一下蹲步走。

这种交叉法甚至可以扩大到中医的六大法以及别的锻炼方式里，这样，每个人都能根据个人的体质和当时的情境来选择进行任意组合，看哪几种方法更适合自己。这些都是快速获取心药的途径。

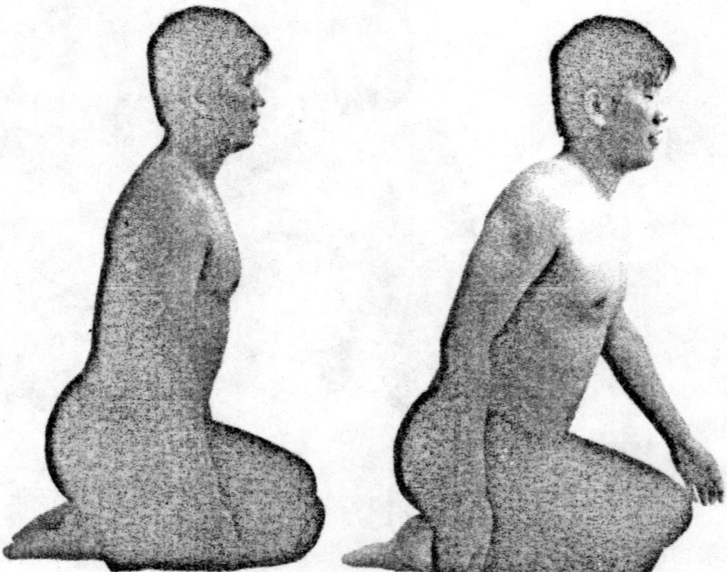

坐在脚后跟上闭眼前行的跪膝法效果比普通的跪膝法更好。

无病不催——太极拳应该这么打

打拳就是跟环境的一种回应,跟山谷的回响一样,所有的东西都是当时随机取兴的。

太极拳大家都比较熟悉,每天一到晚上,我就会打太极拳。

一开始,我们在练形体动作的时候会想到经络,这条是通肺经的,那条是通大肠经的。其实,练习时您别想着它,经络自然就通了,一想它,反而滞涩住了。

也无所谓在哪打,比如坐着就能打,关键是要身心合一。太极拳其实就是一种跟自然界的交流。您打的时候,心里要有一种境界,或想着某种情景。

如果当时身边有一座假山、一块石头,您就对着这座假山、这块石头来打。比如说,这儿有一株滴水观音,我打太极拳的时候就看它是一个活生生的生命,一个亭亭玉立的美女。这样一来滴水观音就不再是一株植物,而是有感情的东西。她可能正用那些枝杈向我招手,我打拳是在跟她进行一种交流。

如果您是在屋里,屋里除了一块黑板什么都没有,那您对着黑板也能打出一种清静的感觉。屋里有像,我就对着像来打;屋里是幽暗的,我就对幽暗来打;屋里是明亮的,我就表现出明亮的感觉。这个完全是随境而迁的。

总之,打拳就是跟环境的一种回应,跟山谷的回响一样,所有的东西都是当时随机取兴的。

打太极就是与自然界进行交流。

打拳也就是一种语言交流，只是在练一种天人合一的境界，把所有东西都练成一种灵感。您要是练什么外在美，那就偏了。那种美是人强加进去的东西。事实上，我们练拳不是要外界怎么样看，而是心里对自然的一种感知，一花、一草、一石、一沙，都可以是一种感悟。这样一来，我们打太极拳时对任何东西都能打出感情来，并能强身健体，无病不摧。

从成语中采撷的养生秘法——推心置腹法

> 身体的原动力是无比巨大的，就像“春草发时便盖地”，不用浇水，不用施肥，自然生长。但这种原动力只有在静的时候才能充分展现。
>
> 当我们“推心置腹”的时候，体内畅通无阻；同样，当我们也拿出真心，与人推心置腹时，人与人之间还有什么不能沟通呢？

在中国的成语中，我们不但可以找到人生智慧，还可找到强身之法。其中，箴言妙语俯首可拾，既是最好的人生指南，又是难得的养生宝典。譬如，“得陇望蜀”可戒人以贪，又可促人奋进。又如，“刻舟求剑”、“郑人买履”教人灵活通达，不可呆板教条。还有“拔苗助长”，提醒望子成龙的家长要给儿女成长的空间。再如，“邯郸学步”警示盲目崇洋的人士，要小心数典忘祖的恶果。

中国有句古话叫：“鸟随鸾凤飞腾远，人伴贤良品自高。”有些人总是感叹身旁无人指点迷津，也难遇名师和智者。其实，仅一本成语词典便已是高人云集，圣贤俱备。有心向上的朋友若能常常思索玩味，便能平路乘快马、扬帆遇顺风，“求人不如求己”了——这也是宋代一句著名的成语。

有许多朋友说，现在人和人之间很难真正地交流，就是和子女、兄弟也难以理解和沟通。这是为什么呢？其实很简单，没有“推心置腹”。由于缺少真心，彼此间的沟通自然会有障碍。同样，我们体内气血和经络出现瘀阻了，也可以用“推心置腹”法来解决。您可以先在自己身体上练熟了，再去教别人，这样就游刃有余了。怎么练呢？非常简单，而且不分场地，哪都可以练。

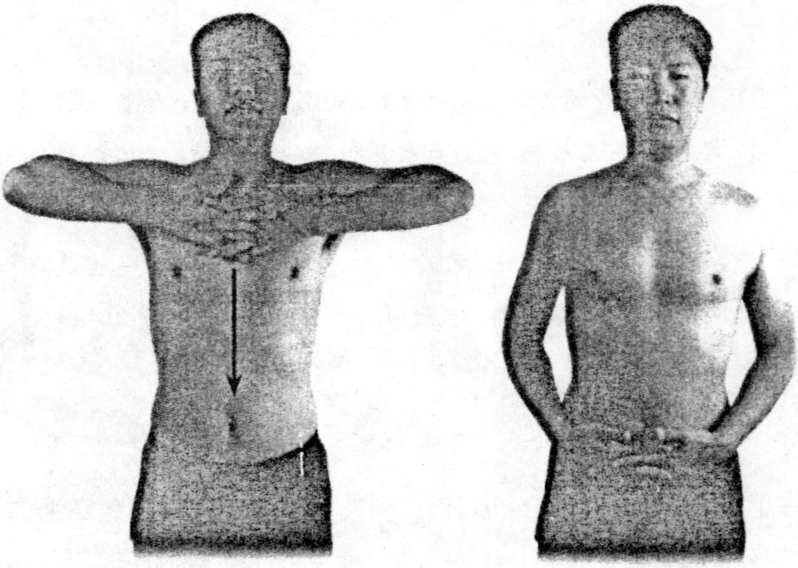

体内气血和经络出现瘀阻时，我们就可以“推心置腹”地跟它交流一下。

练“推心置腹”法的时候，最好把眼睛闭上，这样比较容易静心。然后，用您温暖的手掌从喉咙下面的胸骨开始，轻柔地向下滑动，掌心始终贴在衣服上，一直滑到肚脐下小腹。从胸口心脏的部位一直推到肚脐下小腹，这不就是“推心置腹”了吗？

注意，推的要点是手掌始终要放松地贴在衣服上，不要用力，手掌好像是靠着重力自己从上面胸骨滑到小腹部的。做这个手法的时候，最好穿没有纽扣的背心。

做“推心置腹”有什么好处呢？一个人心里有恐惧、悲伤、忧虑，胸口就会感到堵闷、挤压、疼痛、紧张不适，就是因为气血在这里阻滞不通。我以前推荐过“推腹法”，就是让您把心窝下的浊气、浊水推散。打嗝放屁后，您就会觉得舒服了。

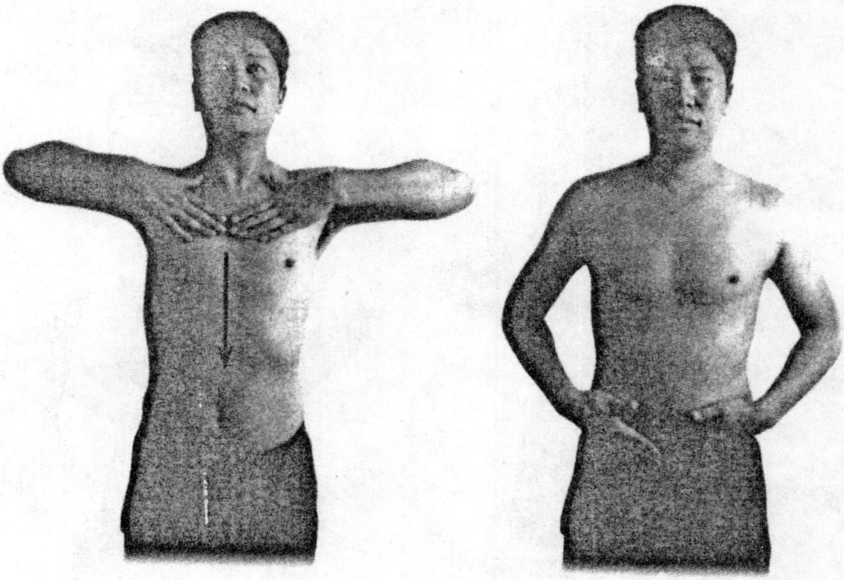

当您温暖的手掌从喉咙下面的胸骨开始，轻柔地向下滑动时，身上的浊气也渐渐消了。

可是，有的人不爱推腹，觉得推的时候肚子发胀、疼痛，也有人推腹后什么动静也没有。这是怎么回事呢？其实，这跟人的性格有关。身体也是顺毛驴，有时里面打了结，您越使劲，越推不开，不如抚摸它，它倒马上松开了。

这种轻柔的“推心置腹”会让您体会到“云中漫步”的美妙感觉。两只手掌不紧不慢地上下交替推抚，就像走太空步一样舒缓。如果您在睡觉前用它来催眠，效果会更为明显。很多人在平躺着“推心置腹”时，肚子会咕咕直叫。您一边听着肚子唱歌，一边慢慢体会用意不用力的感觉——其实这才是我们要达到的目的。

身体的原动力是无比巨大的，就像“春草发时便盖地”，不用浇水，不用施肥，自然生长。但这种原动力只有在静的时候才能充分展现。这时，您越不用外力，身体自然产生的内力就越大。懂得了这种力的能量，您也就真正了解了孔子所说的“己所不欲，勿施于人”，还有老子的名句“上善若水”。

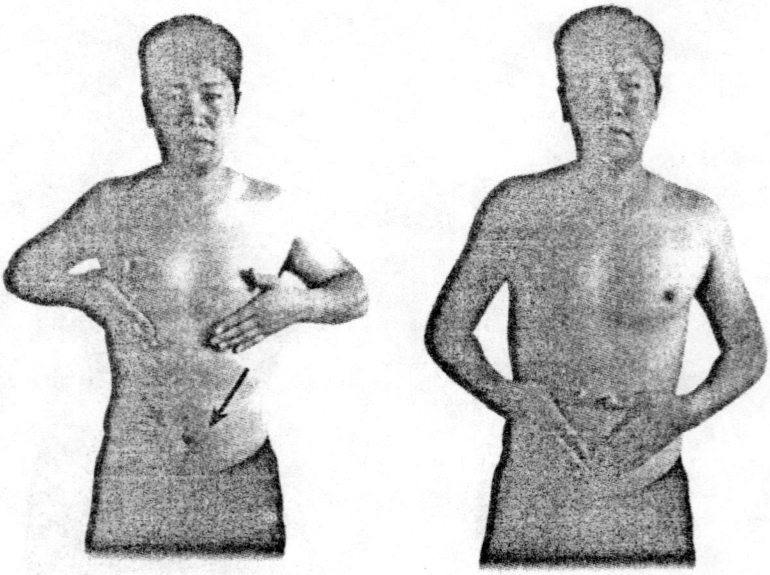

推腹法也可以从两肋开始，身体也是顺毛驴，推不动时您就抚摸它。

当我们“推心置腹”的时候，体内畅通无阻；同样，当我们也拿出真心，与人推心置腹时，人与人之间还有什么不能沟通呢7

五大导引术专调五脏

很多人知道，腿的正面是胃经，外侧是胆经，经常敲打这两条经络能壮大后天之本和排浊气。可现在很少有人注意到了大腿内侧的肝经、后面的脾经。但是这些经络一样重要，肝是排毒用的，脾经可以促进胃的消化。另外，肾经和膀胱经也在腿上，经常这么锻炼，可以起到强肾固腰，补足先天之本的作用。

锻炼身体不能光锻炼肌肉，还要锻炼五脏。

但是锻炼五脏要有一个标准，比方说，气血集中到五脏后，五脏的气血充足了，经络自然就通了。

这其实是一个动态的过程。

气血能够很均匀地流通过去，中间没有停滞，没有堵塞，就证明了这一块气血供应充足。

如果平常是100cc，忽然一下子窜到了200cC，那就会形成出血症或者瘀血症，如果是长一个大血囊，血出不去了就更加严重。

总之，血流就应该是很平常的匀速运动，不用使劲也没有阻隔，就是供血充足，既不是供血特别多，也不是特别少。

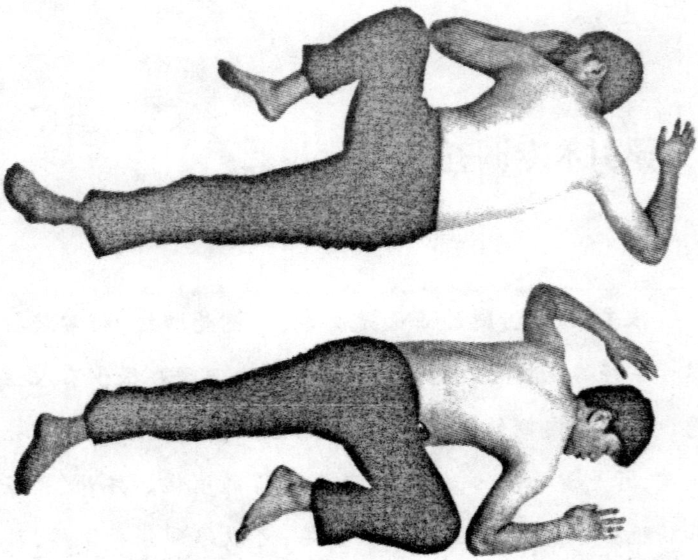

爬行时把自己想象成一只壁虎，那身体自然就会放松，用意不用力了。

1.壁虎爬行法

我们都看过壁虎或诸如蜥蜴、鳄鱼的爬行吧，咱们这个动作就完全依照它们来进行，爬行得越像越好。但是咱们在地板上练时不用真的往前爬，如果真的向前移动了，那就必然是四肢在用力，而这个锻炼法四肢是不用力的。所有动作的完成虽然主要是靠胸腹和腰的力量，但我们却不可把意念集中在那里，而应集中在"爬"上——此时你就是一只壁虎，自然放松得像壁虎那样去摆动肢体就可以了。

记住壁虎的所有动作都要有，因为你就是一只壁虎。爬时大腿内侧和上肢内侧以及胸腹部都会直接接触地板，所以要注意为防止地板过凉、皮肤擦伤等问题，应先有些简单的防护措施。

此功法主要用来打通任脉，对增强五脏功能效果卓著，尤其对肝脏有很好的养护作用，对肠胃疾病、便秘、妇科病痛经、不孕等诸症都有很好的疗效，减肥消脂的作用也非常明显。任脉乃阴经之海，总调阴经各脉，对于更年期妇女尤为重要。

2. 坠足法

有的人手脚冰凉，有的人尿少水肿，有的人大便费力，有的人头晕脚软，有的人睡眠不实，有的人胸闷气短……凡此种种，不一而足。现在咱们就学习个简单的功法，将这些症状一扫而光。

这个方法并不难，且很有趣味。请听仔细：首先，需要你显出疲惫的表情，显出慵懒的神态，像是半梦半醒，没精打采，饿了一天没吃饭，腿上还绑着大沙袋。如果达到了这种精神境界，可以说您已经学会了 80%。然后我们开始“跑步”——绑着沙袋跑步（可不要真绑上沙袋，全是意念），脚步异常的沉重，刚勉强抬起一寸又重重地落下；想停下歇歇，可后边还有人推着你，使你不得不一步挨着一步地向前“坠落”；全身各处的肌肉随着脚步的起伏而上下颤动，不由自主地颤动；两手自然下垂，也可稍稍弯曲，随意放于腰间两侧，手掌处完全的“肌无力”状态。

此时，所有意念全部集中在前脚掌，用意念往脚底加力，使每踏出一步都好像要把水泥地砸出个坑一样。千万记住，只许用意念使力，不可使肌肉用力，不要额外地做出用脚跺地的动作。要像铅球坠地，而不是铁锤砸地，把脚想成是“自由落体”就对了。

这样的“坠步”使你的全身完全放松，气血意念贯注于脚心，很快就会打通足底的肾经，起到迅速补肾的效果；而且前脚掌是肝、脾、肾经的交汇之所，又是心、肝、脾、肺、肾及胃肠的足底反射区，对增强脏腑功能极为有效。与金鸡独立有异曲同工之妙，而其利尿消肿、降气祛寒之效又远胜于金鸡独立。

3. 取嚏法

我现在提倡的取嚏法是源于《黄帝内经》的，但《黄帝内经》没直接说感冒的事儿，只写了“哕草刺鼻取嚏利已”这八个字。

第一个是“哕”，打嗝儿的意思；第二个是“草”，拿一根草；第三是“刺鼻取嚏利已”，打个喷嚏，一下子就好了。

这几个字翻译出来，就是说从路边揪两根狗尾巴草，刺激一下鼻子，打两个喷嚏，可以用来治打嗝不止。其实，这是鼻子和外界进行沟通的一种对话。

《黄帝内经》原来讲的是用狗尾巴草刺激鼻子，但那是在古代，现在，您可以换用卫生纸，把它做成一个纸捻，也一样能取嚏，排除体内寒气的效果一样好。

4. 易筋经

说到《易筋经》，很多人都会想到少林寺武功，觉得这个功法很复杂。其实，一点都不难做到。

实际上，《易筋经》就是用来强壮您的五脏六腑的，是教你怎样尽快把新鲜的血液引到身体不足之处的。

姑且说一个简单的吧：您可以平躺在床上，先把腿伸直，然后坐起来，保持腿的姿势不变，再用双手去抱您的脚。

刚开始时，有些人可能还够不着自己的脚，不要紧，您可以慢慢来，可能第一天离脚还有五厘米，过了两三天，就能摸到脚尖了，再练几天，您就能抱住了。

这个动作对我们的身体有什么用呢？很多人知道，腿的正面是胃经，外侧是胆经，经常敲打这两条经络能壮大后天之本和排浊气。

可大家往往忽略了大腿内侧的肝经和脾经。其实这些经络一样重要，肝是排毒用的，脾经可以促进胃的消化。

另外，肾经和膀胱经也在腿上，经常这么锻炼，可以起到强肾固腰，补足先天之本的作用。

整条大腿的经络还跟督脉相通，而督脉主一身阳气。

所以，只要把整条腿上的经络都打通，您就不仅能够更好地消化吸收，强壮肾功能，而且还能阳气升腾，精神百倍。

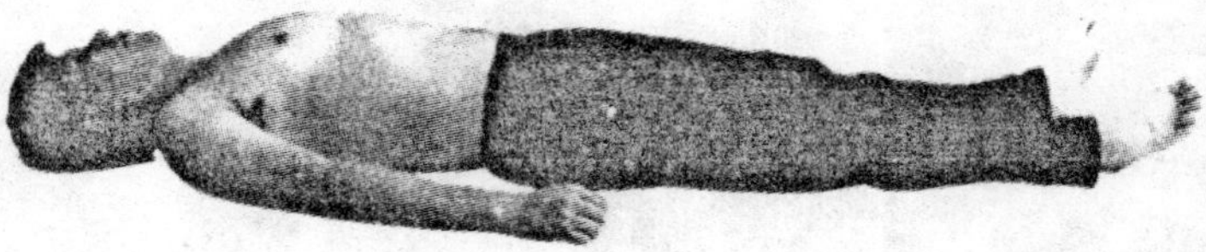

第一步：平躺在床上

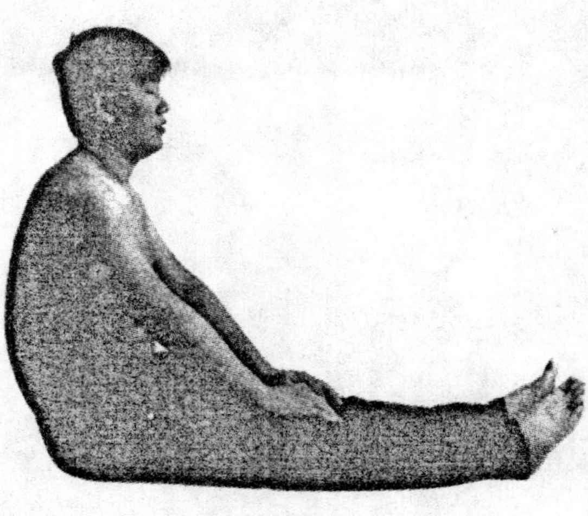

第二步：坐起

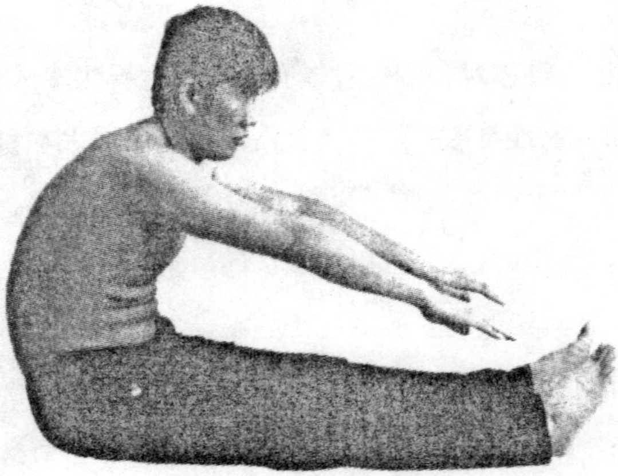

第三步：用双手去抓自己的脚

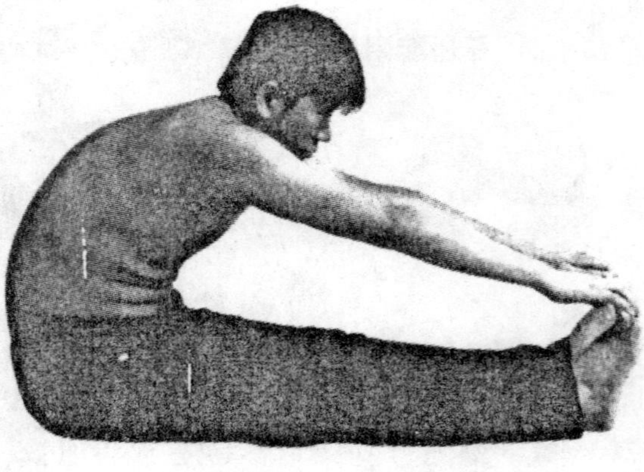

第四步：抓住自己的脚

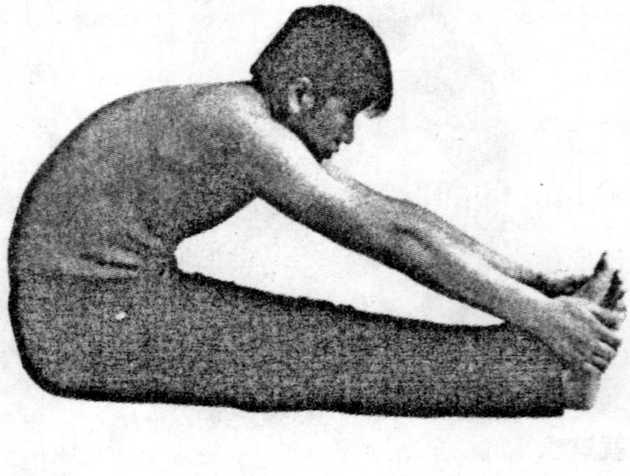

第五步：抱住自己的脚向后扳

有120岁的愿景，才有活到120岁的可能

> 老年人没什么不行的。很多人虽然年纪大了，但是很多能量都没真正地使用，还在那儿搁着呢！这时候，他就需要一个推力，一把推他前进的动力。这种推力是他过去从来没有过的，其中，最重要的就是信心。

在一次演讲中，一位80岁左右的老太太来到了会场。她有点儿步履蹒跚，看起来愁眉苦脸的，情绪很低落。当时，会场上一些老人的精神状态也都是这样的。这时候，我对他们说了一些知心话，他们的情绪就好多了。

比如，这位老太太说："我这人肚子特别大。"我便告诉她："您肚子大，这个没关系。"我问她尿怎么样，老人说尿没问题。"睡眠怎么样？吃的行不行？""没问题。就是大便不好。"

我说："没事儿，只要您出汗、撒尿没问题，70%的毒素都能排出去。而剩下的大便才占30%，所以您就甭害怕。就是十天不大便也没有生命之虞，您根本不用担心这个问题。您老人家现在才80多岁，把这30%的毒通过大便慢慢地排出去，您就能活过一百岁，一点问题没有！"

老太太听我这么说后喜笑颜开，说，"我活到90岁的时候，一定要请你吃大餐。"

就这么简单，你多跟老人说说宽心的话，他们马上精神抖擞，什么事儿都没有了。

其实,老年人长寿的秘诀就在于把心放宽。人到老年,是逐渐走向衰弱的。这时候,您千万别吓唬老年人,例如,你不能跟他们说:“您这么老了,得注意点儿保养,要不就麻烦了。”这些话就是吓唬,虽然言语上没有明说什么,但都暗含着“你不行了”的意思。

其实,老年人没什么不行的。很多人虽然年纪大了,但是很多能量都没真正地使用,还在那儿搁着呢!这时候,他就需要一个推力,一把推他前进的动力。这种推力是他过去从来没有过的,其中,最重要的就是信心。

一些老年人之所以觉得没有未来,就是因为心里老有一块恐惧的阴云,老觉得自己不行,被一个所谓的寿数给限定住了。一般人觉得活到八九十岁就算长寿了,有些老人一想我现在 80 岁了,好像活得差不多了,就觉得很悲观。其实,老人要是能把眼前这块阴云扫开,他就能多活很多年,比吃什么补药还管用。

为什么人要讲寿命?寿是什么?寿就是天年,就是活到 120 岁。只要在心里树立起信心,从现在开始用一个正确的方法,那么活到天年对每一个人来说,都不是遥不可及的目标。

所以,大家以后要注意了,吓唬的话千万别对老年人说,要多说让他们宽心的话。老年人也一定要看到远景,而不仅仅是注意运动、饮食均衡什么的。试想一下,一个老人没有远景,吃完了干什么?也许还是悲观,还是想到死,他心里还是看不到未来。事实上,我们每个人都可以活到天年,没一点问题。只要按照身体的既定步伐,把体内的毒素排出去就行。

就拿瑜伽老人沈维德来说吧,老人家 80 岁的时候,街道发的 50 斤大米,他扔在肩膀上就扛回来了,现在,这可能连很多小伙子都做不到。其实,这 50 斤大米沈维德在 60 岁的时候也扛不动,但他 80 岁了却能扛,这就说明了人体是有无限潜能可以调动的,只要找到正确的方法就行。而正确的方法除了沈维德老人练的瑜伽以外,还有推腹法,金鸡独立以及百病通调的打坐法等等。

许多老年人看完《求医不如求己》这本书之后对我说，原来没有信心，现在有了，用了书里的方法后感觉身体也比以前好多了。所以说，信心对老年人来说真的很重要，有了信心，才有勇气，才有力量。

生活中，我们每个作子女的都要学会怎么跟老人说话。会说话并不是说要善意地欺骗老人，而是懂得老年人真正需要的是什么。实际上，老年人并不需要我们不着边际的安慰，像“您小心点儿，别摔着，别碰着了”“您少弄点儿，好好活着吧”这一类的话，千万不要说。老年人也有自尊，甚至他们的自尊更需要发掘。俗话说，“家有一老，如有一宝”，怎么让他感觉像个宝呢？不是安慰，而是尊重。尊重老人，首先就是提高他们的地位，帮他们找到信心，而不是告诉他们不行。。

一般说来，孙儿绕膝等天伦之乐会让老人开心，但是老人还可以体会更多的东西，还可以自己学些东西。现在，很多老年人的晚年生活没什么具体的目标，既不画画，也不练书法，也没人告诉他还有什么事情可做，有的甚至会说：“学这些有什么用？一辈子都用不上。”但是不学就没事干，就容易东想西想。

实际上，人本来就应该活到天年，这是老天给我们算好的，我们完全有能力活到这个寿数。如果把人生的终点定在120岁，那么一个人80岁的时候，他就可以这么想：“我还有40年好活。”这样，他就会主动去寻求任何让身体健康快乐的事，心里也充满自信，这样下去，他的生活肯定会很快旧貌换新颜。

俗话说，“活到老，学到老。”晚年时间充裕了就应该多做点有关健康的事情，多学点与自己身心有关的东西，不要仅限于书法、画画、唱歌这些小乐，应该把时间和精力投入到如何让身心合一的这个层面上来。要知道，人生最高级的东西就是身心合一。实际上，老人只要找到了这种感觉，就会拥有一个快乐的老年。

“活在当下”，装聋作哑——105岁老太太的长寿秘方

> 一个人心里平和，就懂得自寻其乐，自然就能长寿。您看这位老太太活了105岁可能也不知道什么是打通经络，但她身上的经络比很多人都通透着呢！

养生之道就是“装聋作哑”

有人问，心里如果平和的话，还用养生吗？我说，不用了，因为一个人心里总是平和的话，表明他百脉俱通。要知道，经络不是扎针灸扎通的，它本来就是通的，只是您身上失调的各种情绪所产生的浊气和淤血把它给堵住了，中医管这叫“气滞则血瘀”。所以如果一个人心里本就是平和的，那他的经络根本不用去打通，自己就会通了。

每个人都希望长寿天年。对老年人来说尤其如此，因为他们心里唯一想的事儿就是多活几年。怎么能长寿呢？就是心里平和。怎么平和呢？就是“装聋作哑”，这是达到心里平和的一种好方法。

有一次，电视台两个80后记者采访一位105岁的老太太。老太太看起来腰挺直的，每天都能出门散步、溜达。记者问她：“老奶奶，我们能问问您吗？您怎么那么长寿？您有什么秘方吗？”

问完后，老奶奶好像没听见似的。一个记者便对另一个说：“可能老太

太耳朵有点儿不好使唤了，那就只问一个问题吧。”于是，记者又问：“老奶奶，您是不是经常吃素呢？”

话音刚落，老太太急了，马上说：“那不成，我每天得吃两块肉。”说完就把家里的铁锅揭开，拿出一碗肉来了。记者一看，炖的还是五花肉，有不少油。老太太说：“我每天得吃两块肥的，不然心里闹腾。”其实，老太太耳朵根本不聋，还挺灵的。因为后面这个才是她感兴趣的问题，她这才回答了。

然后，记者又问：“您是不是不抽烟不喝酒？”

老太太说：“酒呢，我年轻的时候还喝点儿，现在没人给我打了，人家不让我喝，我就喝不着了。但是你看这个东西，这是老辈传下来的。”说着，她把一杆烟袋锅拿出来了。她说：“每天我还得抽几口烟，不用多，多了不抽，觉得挺过瘾的，晚上我就能睡踏实觉。”

记者再问：“您又抽烟，又吃肉，还有什么养生之道呢？”

这时，老太太说了一句话。她说：“我的养生之道就是四个字：装聋作哑。”

怎么装聋作哑呢？记者没理解。老太太接着说：“你看，我有儿子、孙子、重孙子，重重孙子都有了。有的挺喜欢我的，天天搂着我脖子，拽我的耳垂，我觉得挺高兴，有时候还拽拽我下巴的赘肉，我也挺高兴。但有的烦我，说这个老不死的，老占我们家房子。我听见好几次了，但我跟没听见一样。而且，我也不去找是谁说的，爱谁说谁说。这个事儿跟我没关系，我听到跟没听见一样。我只关心两件事：一是锅里的肥肉给我搁那了，然后烟让我抽足了，剩下我就不管了。然后，我愿意去串门就串门，爱遛遛弯就去遛遛弯，跟我没关系的事儿我一概不管。别人的事我也不说，别人的事儿我也不议论。”

这就是老太太的长寿秘诀。用一句话来总结，就是不问是非，心平气和。

一个人心里平和，就懂得自寻其乐，自然就能长寿。您看这位老太太活了105岁可能也不知道什么是打通经络，但她身上的经络比很多人都通透着呢！

药补不如食补，食补不如神补

> 做子女的要想真正地去尽孝，就要帮老人去掉这层心理障碍。怎么做呢？第一，给老人家找到自得其乐的方法和途径；第二，送给他们补神的东西，也就是要把 120 岁的愿景和实现这一愿景的具体方法教给他们。

现在，做儿女的回家看望父母，都会买点儿什么补养品。其实，家里老人最需要的不是药补、食补，而是神补。因为，老年人在食物方面的需求并不强，但是，他们在精神上的需求和吸收能力甚至比年轻人更强。

很多老人可能会这么想："我这一生已经走过那么长的路了，剩下的路就是死路了，管他呢，反正都是自然规律，就这么走下去吧。"所以，我们要做的就是，在老人家七八十岁的时候，让他看到一条正确的健康之路，从而不枉好好活剩下的几十年人生。

我们一定要让老人家有这种感觉，就是要让他感到："活到现在，本来觉得我这辈子的路就这么走完了，可眼前突然有了一条新路，而在新路上这么走下去，我就可以活出一个新的人生。"

沿着这条道路走下去，就能把老年人的寂寞和对生命的无奈遣散了，也把人生过去的遗憾全都给扫除了。只要老年人在晚年找到了一种新的活法，他的生活质量才有革命性的飞跃。

做子女的要知道，多给家里打电话、常回家看看对人到晚年的亲人来说，是远远不够的，我们要给他们找到在身心上自得其乐的东西。也就是一定要让老人找到本乐。

记得我在天津电视台上的一个栏目《健康大学堂》上做的节目播出以后，天津一帮老人们就组织起来讨论了：我该怎么生活？如何去做？许多人互相交流，互相促进，热火朝天的。这样就挺好的，有快乐的事可干了，而且这还是为自己身体健康而工作的乐事。为了自己的身体健康工作，这种事哪个老年人不乐意做呢？

现代社会有一种倾向特别不好，就是觉得老年人已经没什么用了，是弱势群体，特别需要同情。实际上，老人越被人同情就越容易萎缩，因为这可能会让他们越来越没有自信。说到底，做子女的要想真正地去尽孝，就要帮老人去掉这层心理障碍。怎么做呢？第一，给老人家找到自得其乐的方法和途径；第二，送给他们补神的东西，也就是要把120岁的愿景和实现这一愿景的具体方法教给他们。

另外，老年人不要觉得人老了就成了儿女的负担。老年人需要做的是激发自己自尊、自信、自贵的能力，首先要消除的是精神上的悲观，其次才是身体上的病痛。所以，当衰老来临的时候，不要回避，要大大方方地面对：我是衰老了，但是我不怕。也许上半辈子我从没有正视过这个问题，但我现在开始面对了，也找到解决这个问题的办法了，照样不晚。

您喜欢吃的，就是对您身体最有帮助的

对人的健康来讲，饮食确实很重要。但是，您要清楚真正要注意的是什么。您吃下的东西只有被身体吸收并变成新鲜的血液储存起来，才是您获得的营养，否则吃得再好、再多、再贵，也都无济于事。所以说，好食物不如好胃口。

有一次，我到一家企业去做健康讲座。讲完课后大家去吃饭。当时，天气比较热，我就要了一瓶冰镇啤酒，一口气喝下了大半瓶。主办方的陪同人员在一旁看得瞠目结舌的，说："怎么养生专家也喝酒，还喝冰镇的？这不是不利于健康吗？"

吃饭时，大家都让我来点菜，说我点的肯定有营养，说以后他们就照此饮食了。但是，我只点了两个自己喜欢吃的菜，一荤一素，平淡无奇。大家有点儿失望，我就说："您喜欢吃的，就是对您最有营养的。"

当时席间有位大姐就说："郑老师，这可不行呀！您一定要给我们制订个方案，我们以后好按此养生。您可不能一会儿一个样，刚才演讲时，您还提倡大家少喝冰镇的饮料。这会儿，您不但自己喝冰镇啤酒，还点了红烧肉，这让我们以后都不知怎么吃好了。"

我说："没事，想怎么吃就怎么吃。记得小的时候，家里没钱，好吃的东西也少，却是什么东西都好吃，什么都能消化。现在，条件好了，好吃的东西太多，很多人却不知该吃什么好了。如果我们连每天吃什么都要请教专家，那活着还有什么乐趣，还有什么自由呢？其实，对于吃什么，完全因人而异。大家尽可以随心所欲地享受美食。当然，有些专家善意的提醒，我们也要拿

来参考。但是千万别把它当成生活的指南,变得墨守成规。"

还有一次,我看到有一篇报道说104岁的老红军黄志庸每天必须吃一斤肉,这样才会感觉到一天精神十足,不吃则浑身无力。从这件事情上看来,长寿也不见得非要吃素不可。记得兰州有个老太太,每天必喝四两酒,今年也是104岁了,百病不侵。可见,酒也并非所谓的"穿肠毒药"。

生活中如果禁忌太多,那才真是对身体巨大的伤害。

对人的健康来讲,饮食确实很重要。但是,您要清楚真正要注意的是什么。您吃下的东西只有被身体吸收并变成新鲜的血液储存起来,才是您获得的营养,否则吃得再好、再多、再贵,也都无济于事。所以说,好食物不如好胃口。

现代人可选择的食物众多,营养不缺,但是为什么我们的消化系统却常常卡壳,运转不灵呢? 人们普遍认为这是胃动力不足了。其实,不关胃的事,而是心脏供给胃的血太少了。那么,心血都跑哪里去了?

我们的五脏六腑中,最辛苦的要算是心脏了,它昼夜不停地跳动,哪里需要血液,就把血液供应到哪里。思考的时候,血液就跑到头上,看电视时跑到眼睛,运动时就跑到四肢。假若此时我们正在生气,那么血液就入肝了;正在恐瞑,血液就入肾了;正在悲伤,血液就入肺了。

如果您吃饭的时候还在思考问题,那么血液就会分散,进入肠胃用于消化的血液就少了,自然胃动力也就不够了。禅宗有句心法要诀叫:"该吃饭时吃饭。"所以,我们要想很好地消化、吸收食物,吃饭的时候就该心无旁骛。

该吃饭时吃饭,该睡觉时睡觉

咱们老说"活在当下",可是怎么才能"活在当下"呢? 有一个人说得比较好。他说:"活在当下用两句最常用的话来说,就是该吃饭时吃饭,该睡觉的时候睡觉。这就活在当下了。”

有的人说:“这谁做不到?不就是吃饭、睡觉吗?”没错,听着很简单,可是现在已经很少有人能做到吃饭的时候吃饭了。很多人吃饭的时候看电视,看着看着就忘了饭是什么味儿,或者边吃边谈基金、股票的事儿,结果刚才吃的什么也不知道。反正是吃了,可吃的是什么?好不好吃?都忘了。这个就是没把吃饭当回事儿。同样,很多人睡觉的时候睡不着觉,老想着别的事儿,结果事情没想清楚,觉也没睡好。这不是养生之道。

古代有一个小故事挺好玩的,说是有一个做生意的人,走到一个山沟里,迎面碰见一只老虎,吓得撒腿就跑。他跑着跑着就跑到山里的悬崖壁下了,一看,还真不错,有一根树藤从壁上垂了下来。这可真是救命的稻草啊,那就赶紧爬吧!他顺着树藤往上爬,爬到一半的时候,就看见老虎在下面干着急,上不来了。他挺高兴,可是往上一看,坏了,上面有一只大老鼠在那咬树藤呢!他心想,老鼠马上就要咬断树藤了,这可怎么办呀?轰那只老鼠吧,它也不怕。再往下面一看,那只老虎还在那等着呢!

忽然,他发现旁边有一棵草莓,这个时候,他正好口干舌燥的,心里想:“算了,爱怎么地怎么地吧!我先吃个草莓再说。”于是,他把草莓摘了过来,觉得这个草莓真好吃,就接二连三地摘着吃,结果一吃就把这事儿给忘了。吃完以后,他觉得挺舒服的,忽然一想:“我干吗来了?”往上一望,耗子走了,往下一看,老虎也不见了!

好多事情都是这样,有时候你挺着急的,要为明天的生计忧虑,还要为昨天所做的事懊悔。就像上面有老鼠,下面有老虎。如果你老想这两件事儿,你就享受不了生活。其实,你要是踏踏实实地吃这个草莓,吃完草莓再一看,这些事儿也就过去了。你该怎么做,就怎么做,没什么事儿。所以说,如果我们凡事顺其自然,活在当下,生活就基本没有什么烦恼了。

第三章
健康大护法:遇疾杀疾,遇病杀病

使道不通，形乃大伤

《黄帝内经》说："主不明，则十二官危，使道闭塞而不通，形乃大伤。"经络就是臣使之道，所以，"使道不通"指的就是经络不通，如果你平常心里不踏实，经常忧虑恐惧，经络自然不通，身体当然就会有毛病。

有人说，你这几本书我都看过了，其他的经络书我也看了不少，我也天天在敲打经络，但是，这些锻炼方法有时管用，有时不管用。这是为什么呢？

前面我已经反复强调，病是由心而生的。而人体这些经络、穴位都是通心的，所以，敲打它们能够缓解身体的病痛。但你的心结如果不打开，身体就无法再上一层楼，只能是处于一种维持的状态，也就是所谓的健康温饱状态，不可能真正地强壮起来。

《黄帝内经》上说："主明则下安，以此养生则寿"。其中，"主"指的是人的精神状态，也就是咱们心脏所控制的情绪。所以，心脏必须要安宁才行，"主明"就是心安静下来的意思。"以此养生则寿"，这个时候我按摩穴位，打通经络才管用。

如果你整天胡思乱想，或者是忧虑恐惧、焦虑不安，心里一片混乱，这个时候任你按什么穴位都没用。

接下来，《黄帝内经》又说"主不明，则十二官危"，意思是如果人心里老是乱糟糟的，那所有的脏器都很危险。这时，你天天吃燕窝、鱼翅也不管用。

请记住,所有的补品都得在心态平和的状态下才能被人体吸收。

实际上,药补不如食补,食补不如神补。神补是什么?就是补心,就是想尽一切办法让心里不乱。《黄帝内经》说:“使道闭塞而不通,形乃大伤。”经络就是臣使之道,所以,“使道不通”指的就是经络不通,如果你平常心里不踏实,经常忧虑恐瞑,经络自然不通,身体当然就会有毛病。

如果您没意识到这个问题,您的病当然好不了。要知道,人体都有一套自我保护的机制,那就是经络。为什么说经络是人体最好的保护机制呢?因为它是内联脏腑、外通四肢百骸的。

比如说脏腑里面虽然有很多浊气,但是,人体自有一个排气筒、一个下水道是跟外面相通的。有的人虽然吃了不洁的东西,但最后他腹泻了,或者是撒尿撒出去了,这都是排泄管道在起作用。

所以,人要健康,关键是自身的排泄管道不能堵。如果堵了,那就变成死胡同了。人体的毒素就在死胡同里来回周流,只有小循环,没有参与大循环。实际上,人体只有气血进行大循环才能真正保持健康。

在小循环当中,人体只能把垃圾废物暂时堵在身体的某个角落,然后沉积下来。这就像你在房子里乱堆东西,虽然刚开始还堆得下,可随着东西越堆越多,最后就没空间了,这个屋子也没法待了。

养生就像疏通下水道,其目的是找到并打通人体堵塞的地方。只要把堵的地方打通了,并且让它保持畅通的状态,我们就不用怕什么时候会有垃圾进来了,何况人体垃圾是谁也避免不了的。

人的欲望经常会受到压抑,生活中会有看不顺眼的人,会有心意难平的事,凡此等等。所以,人经常处于一种压抑、困惑的状态,差不多每天都在耗费气血、生产浊气。这些都是很正常的现象。所以,人不要怕有浊气,关键是要保持经络畅通,让浊气可以及时地排放出去。

在经络上自助便有天助

经络就在我们每个人身上，徒手便可操作。《黄帝内经》的“灵枢篇”说经络是“粗之所易，上之所难”，想要简单了解，三岁顽童也可略知一二；若想精深研究，百岁药王也会感叹“所疑更多矣”。所以，一个人能否学好经络理论，其关键不在难与易，而在会不会自动自发。能自助便有天助，就能先知先觉。

生活中，不时会有人问我：“你说经络是随身的药囊，把经络提到很高的地位，那我就问问你，你这个药能管什么事儿，能治哪些病？如果你能把我这个困惑解决了，我就相信经络真有用，不然你就是在瞎说！”

这种疑惑很多人都会有，更不用说完全不了解中医的人了。有一次，我到一家外企讲课，听课的人里60%是外国人。我当时就想：可以趁机宣扬一下国粹，让老外也见识一下咱们的好东西。

于是，我开始讲经络。可是过了一会儿，只见台下的老外都瞪大了眼睛看着我，一脸茫然的样子。那个翻译也有问题，因为他也不知道经络，翻译出来的东西基本上是驴唇不对马嘴。当时，台下的人有的撇着嘴，有的耷拉着眼皮，总之，都是一副不相信或看不起的样子。

这时，我就对台下的听众说：“现在有没有谁身体上有点儿小毛病的？”说完后就有一位金发碧眼的女士走上台来，指着肚子叽哩咕噜说了一大串话。翻译告诉我，她的胃正疼得厉害呢！

我让那位女士在一旁坐下，然后在她腿上找到足三里这个穴位。足三里在膝盖底下三寸，号称养生强壮的第一穴，平时你摸它的时候没什么反映，既不酸，也不胀。但是，你胃不舒服的时候，它就显得最为敏感，一碰比任何一处都疼。

我在她的足三里上捋了捋，她就疼得有点儿受不了。于是，我用大拇指在她这个穴位上按顺时针方向揉了两分钟。揉完以后，她通过翻译告诉我说："我平时胃一疼，哪怕是服用最先进的药，也要半小时后才能缓解，但是你才揉这么几分钟它就好了，真是太棒了！"

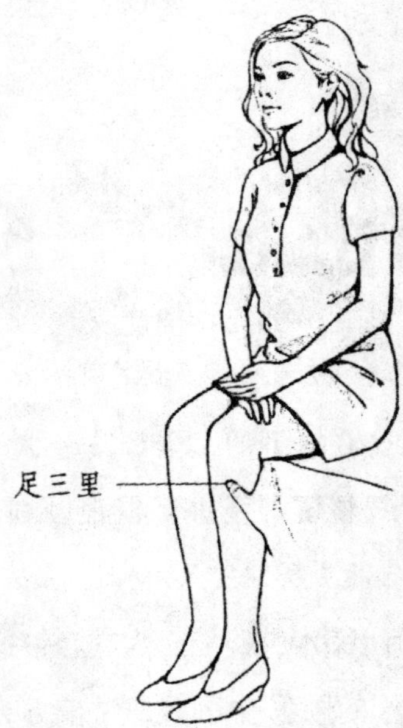

足三里处在胃经上，与胃遥相呼应，治疗胃部病痛有奇效。

这种事情看起来很神奇，其实很简单。她只要稍微懂点经络理论就会知道，足三里刚好处在胃经上，与胃遥相呼应，可以互相调节。平时胃不舒服了，揉一揉足三里，胃就会好很多。

那位女士刚下去，一个大胡子老头就走了上来。他说他长期患有偏头疼，问我有没有什么好方法。我稍微一问，便知道他天天待在电脑面前，工作压力很大。于是，我让他用大拇指推头上疼痛的地方。他推后告诉我说，里面有好多疙疙瘩瘩，好像血管拧在了一起。我就把手按在他的外关穴上，边按边转动他的手腕。不到一分钟，他就说头不怎么疼了。

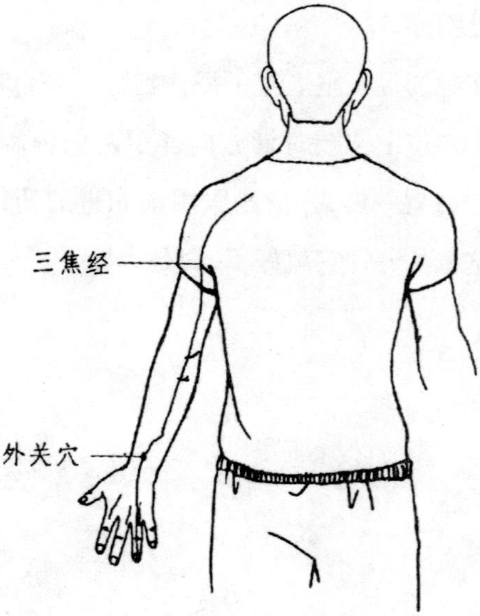

手按三焦经上的外关穴，转动手腕，可以解气消头痛。

这时候，坐在底下的人全都鼓起掌来。当然，我也不用再费劲地解释经络有什么用了，整场讲座进行得很顺利。最后，我给他们打了一套太极拳，活动便圆满结束了。

中医之所以伟大，就是因为有经络这个精髓。

抛开经络谈中医，中医就成了偏方，就成了小术，就成了民间技法。

有人怕夸大经络，怕以偏盖全，埋没了针灸、中草药，岂知针灸需明经络穴位才会立竿见影，用药需按脏腑归经才能药到病除，否则扎针如插秧，熟练就好；用药似乱炖，以多取胜。

《扁鹊心书》说得好："学医不知经络，开口动手便错。"《黄帝内经》更言经络为"学之所始，工之所止"，一语道破经络既是入门之径，又是终极目标的真理。

砭、针、灸、药、按跷、导引，此中医六法若无经络贯穿，便如有利剑而无剑法,有碗筷而无饮食。

知剑法,任刀枪皆可当剑。俱饮食,无碗筷照样用餐。

经络在我们每个人身上,徒手便可操作。能自助天助,就可先知先觉。

《灵枢》言经络为:“粗之所易,上之所难。”想简单了解,三岁顽童可略知一二;若精深研究,百岁药王也道“所疑更多矣”。

我们可依靠书本,探索世界,也可反求自身,找回本真。经络就是连接人与宇宙的天然通道。人是宇宙的细胞,知道了一滴水,就懂得了整个海洋。

经络飞架南北，身心皆通途

> 有些人只相信他所看到的，也只相信他能够运用的力量，固守一个思想。对于这种人，你没法改变他的心，只能帮助他改变身体。当他多放屁，把气放出去的时候，他的心也就软了。要不然，他的心总是刚硬得无法跟其他东西相融。

我为什么要一直强调一种思想或一种情绪对应一种疾病呢？

当你有浊气在肚子里胀着、堵着，想放屁却放不出来的时候，你肯定会觉得恶心或肚子疼。这时候，您如果能放出两个响屁，就会顿感神清气爽。

你能说气这个东西是思想或情绪吗？明显不能。但它能够化解情绪，让你变得心情愉悦。可以说，气是一种物质化的东西，类似无形，却能让我们感受得到。如果它从人体里出去，人的心情就会好很多。所以说，人的思想或情绪和物质是相互关联的。

但是，思想不好调整。因为人会出现思维定势，过去是这么想的，现在也还这么想，一碰见同样的事情就会带动同样的情绪反应，这些东西都是很难改变的。

情绪不好改变怎么办？那就改变生理上的东西，因为二者是相通的。但是，这要有个前提，那就是你必须相信这个事实。如果你根本没有这个意识，那你就不会想要有所改变。有人说，我心里不舒服，还头疼，光治头疼管用吗？其实，把头疼治好了，心里也就自在了。因为头不疼，心里自然就平和了。但是你如果心里有压抑或困惑，那还是会头疼，因为它俩是相通的。

对于有些人来说，你可以改变他的思想，因为他就像一个常空的杯子，你倒茅台酒，他就装茅台酒，你要是倒别的，他也一样接着。他以一种空杯的心态来接纳万事万物。对于这种人，你就可以用思想来转化他。所谓“听君一席话，胜读十年书”，说的往往就是这类人，因为他们愿意改变。

但是有些人只相信他所看到的，也只相信他能够运用的力量，固守一个思想。对于这种人，你没法改变他的心，只能帮助他改变身体。当他多放屁，把气放出去的时候，他的心也就软了。要不然，他的心总是刚硬得无法跟其他东西相融。

处在不同时机，面对不同状态的人，我们所采用的方式也大不相同。但是，无论是谁，在什么情况下，总有一样东西在人身上起着相同的作用，那就是经络。从生理层面来说，经络是内通脏腑、外通四肢百骸的。其实往深了讲，它能通到人的精神和思想，因为人体各部位都不是孤立存在的，都要受精神和思想的支配，而经络是沟通二者的桥梁。

举个例子，有时候一句话就能让你愁眉苦脸或者喜笑颜开，但是很多人觉得这个好像是说心病来自心话，因为忧愁和喜悦是心理上的反映。但是有的时候，并不完全是这样，比如一句话把你吓得满头大汗，这种情况就不是心理上的反应，而是生理上的反应了。

一句话可以让人产生生理反应，为什么呢？就是因为一种思想对应着一种疾病，你的所思所想可以改变疾病的生理状态。有的人不相信，觉得这些只是一种心理暗示的结果。那心理暗示起到了什么作用？最后还不是生理？所以说，所有的毛病都源于思想，都经历了由心理过渡到生理这么一个过程。

既然经络能够通到四肢百骸和体内脏腑，也能够内联人的精神和思想，那我们就要善用经络，善待经络。当我们借助经络这座桥梁与自己进行沟通联系时，我们会发现，身与心已不知不觉间实现了处处皆通途的美妙境界。

抑郁症为什么会牵着你的鼻子走

> 人身体里的阳光是什么？就是新鲜、充足的气血，气血足了人就阳光了。或者说，人的动脉血一多，人就阳光；而静脉血一多，人就颓废了。这就是产生抑郁症的一个物质基础。

在一次演讲会结束后的晚宴上，有一位白领走到我的旁边问我说，得了抑郁症怎么办？他说每到犯病的时候，他就会情不自禁、不由自主地被一种极为悲观的思想所控制。就像有一只手抓着他，让他只能朝一个方向走下去，根本不能回头，而那个方向就是无可预测的黑暗。这个时候，音乐他也听不进去，任何事情都不想做。

他告诉我，虽然有时候吃了一些西药能暂时控制一下症状，但自己心里总觉得好不了。看了很多医生，医生普遍认为这种病没法根治，只能控制。

当时，我就问了他两个问题，第一个是你放屁不放屁？第二个是你怕冷不怕冷？他说他从来不放屁，还特别怕冷，又怕风。我说行了！这就是抑郁症的症结，因为他的心脏气血不足。气血不足了心就定不住，人就只能被一些不良的情绪，比如悲观等情绪牵着鼻子走了。

我给他分析是什么原因让他心血不足的。我说，第一你怕冷，这证明你的体内有寒气。另外，你还怕风，因此你的身体必须动用好多新鲜气血去抵御风寒，能量就分散了。第二，你体内的浊气很少放出来，正是这些浊气让你的新鲜血液瘀住了。当人体没有充足的新鲜血液运行，你的精神如何能够振奋得起来？现在，你动脉里和氧气混在一起的血少，而静脉里被污染的血多，这就导致了你情不自禁地抑郁、悲观。

实际上，抑郁症的可怕不在于它本身产生的恐怖或者悲观情绪，而是这种情绪是在你情不自禁的时候发生，并把你拉到不能控制的行为中去。

知道了原因，自然就能找到解决这个问题的切入点了。我告诉他，第一，用取嚏、泡脚、热水袋温肚子、喝红糖姜汤水等方法把风寒去掉一些；第二，用推腹法排浊气，然后喝山药薏米粥，把清气攒足了。当清气越来越多、浊气越来越少的时候，你动脉里的血就多了，你就没事儿了。因为当人没有产生抑郁症的物质基础时，抑郁症怎么可能产生呢？

如果你天天跟张飞似的，就不可能有抑郁症，为什么？因为你气血特别旺。只有当你体内的气血少了，血液粘稠、流动缓慢瘀住了的时候，才会产生抑郁。

我一说完，他接着跟我说，公司下达的任务我一般都完成了，但之后总是怕不够完美。每回一个项目做完，就老觉得自己还可以做得更好。听他讲完后，我告诉他说，你能奋斗到今天这个位置，说明你的智力毫无问题；另外，别的人要跟你一起做，一般情况下，80% 以上的人都没你做得好。所以，你觉得做得不妥的地方，那是 100% 的人都可能犯的错误，但关键问题是 99% 的人都不把这当成一个错误，而你却把它当成一件大事了。

接到一个任务，你将要碰见的困难大家都可能会遇到，但你的性格却要求你必须完成得比一般人都好，你做到了，可还是觉得有遗憾，那就不是你自己的能力问题了。另外，你即便完成得再好，自己认为很满意了，但你的领导和同事却不见得认为好。而你随便写的一篇工作汇报，交上去了，不见得领导认为不好。实际上，一件事情做得好不好，不是由你来做主的。

其实，做事情就是“不求尽如人意，但求无愧我心”。

最后，我告诉他一句话，“物来则应，物去不留”。如果你的心能像一面镜子一样,事情来了你就接待它,走了,这个事儿就算完了,你不再去想了。这就是消除你抑郁症的一个根本方法。

说完以后,他的精神马上就抖擞了。平常他都不喝酒,这回却连着敬了我好几杯。

其实,这个世界上没有真正的抑郁症,所谓有抑郁症的人不过是没看清楚事物的本质,老觉得什么问题只有一条路可走。怎么办呢?就是一定要把产生抑郁的那些阴寒、阴冷的物质基础去掉,让身体里面充满阳光。

人身体里的阳光是什么?就是新鲜、充足的气血,气血足了人就阳光了。或者说,人的动脉血一多,人就阳光;而静脉血一多,人就颓废了。这就是产生抑郁症的一个物质基础。

女人的美容经、排气筒——三焦经

三焦经就是人体的出气筒，它上通到头，下连乳腺，像乳腺增生、乳房胀痛等很多妇科疾病都跟它的瘀阻、郁结有直接关系。气在里面出不来，到处乱撞就形成了病，而当你把气散去，病也就没了。

美容经、排气筒——三焦经

生活中，很多女士都渴望找到美容的好方法。其实，女性身上就有一条有助于美容的经络，它的名字叫三焦经。

如果一个人经常生气，尤其是患有更年期综合征，那他的三焦经从肘尖往肩膀这一段便会堵住，轻轻一碰就很疼。年轻人相对来说痛点会少一些。

怎么调节呢？经常用拳头敲打或用手指按揉这一块，就可以让郁结之气、委曲之气逐渐消失了。

此外，三焦经的减肥效果也不错。现在，很多女士特别关心减肥，这些人就不妨每天好好关注一下三焦经。

通俗一点说，三焦经是专门管内分泌失调的，而脸上长斑、脸色差、皮肤黯淡、长痘痘等现象都是内分泌失调的结果。一个人之所以内分泌失调，就是因为气血供应不畅，体内有瘀血排不出去。

三焦经就是人体的出气筒，它上通到头，下连乳腺，像乳腺增生、乳房胀痛等很多妇科疾病都跟它的瘀阻、郁结有直接关系。气在里面出不来，到处乱撞就形成了病，而当你把气散去，病也就没了。

三焦经是人体的出气筒，更是女性的美容经，经常按揉有利于美白、减肥。

有的人压抑得太久了，一敲经络就心里难受，直想哭，一哭，堵的地方也就松散开了。所以，人有什么症状都没关系，让体内瘀积的气发出来就好了。从这个角度来讲，经常哭的人也可以说是一个养生专家，因为他懂得把毒素及时释放出去。

曾经有一篇报道说，美国科学家把人的眼泪收集起来，然后往里面投进细菌病毒，结果一秒钟不到，那些细菌病毒就全被杀死了。看来，眼泪里含的毒真是太多了。实际上，这些毒都是肝毒。中医讲“肝开窍于目”，肝是和眼睛相通的，它里面有排泄物了，就通过眼泪排出来。所以，想要把肝里面的郁结之气——肝毒排出来，流泪是最好的释放方式。

我们学习经络，不要只关注这个穴治咳嗽、那个穴管头疼什么的，而要在身体没病的时候就去关注它，千万不要临时抱佛脚。试想一下，难道只有当你心脏病发作的时候,你再去按揉那些跟心脏病有关的穴位吗?恐怕那个时候,你连穴位都找不着,即使找着了也没劲按了。

至于具体到三焦经,您只要知道它是人体的排气筒、美容经,生气的时候多揉按它就行了。

男人的保命经——心包经

但凡是有心脑血管病的，都应该好好调理一下心包经。没有这方面病痛，但压力比较大的男士也要多与它“打交道”，因为它就是您生命的“守护神”。

相较于女士，男士一般心里有气都会强忍着，有压力了也宁可自己一个人担着，结果气血经常会堵在心血管上。所以，男性的心血管发病率很高。由于此病的危害性很大，有这方面疾病的朋友平常要是不注意防治的话，甚至会导致猝死，很多患病男士也因此心中恐惧，老担心夜里睡半截觉就过去了。

这绝不是耸人听闻。比如，我的两个高中同学就在2007年和2008年不到一年的时间里相继去世了，一个38岁，一个39岁，都是夜里突发心脏病死的。

所以，那些上有老、下有小，事业刚刚有起色的中年人，咱们一定要重视自己的心脑血管，因为这是您的“保命经”。

一个人如果心脑血管有问题，那他的心包经肯定堵塞了。这时，我们一定要尽早打通心包经。

如果您经常心里发闷、发憋、胸骨刺痛，或者经常后背疼，那我建议您每天揉揉这条经，别让它堵住了，否则后患无穷。

心包经在中指对应的这条线上，有早期心血管瘀阻症状的人通常在肱二头肌附近会有一个痛点，这个点就叫阻滞点，是反映一个人心脏和心血管状态的“晴雨表”。我们得让它保持畅通，有点儿堵了就赶紧疏通，这样就不至于有猝死的悲剧发生了。

您在经络图上找不着这样的点，闲着没事就自己揉一揉、找一找。把痛点和硬结揉软、揉散，这些堵塞的地方就畅通了。

其实就这么简单，心包经是管心脑血管的，但凡有心脑血管病的，都应该好好调理一下心包经。没有这方面病痛，但压力比较大的男士也要多与它“打交道”，因为它就是您生命的“守护神”。

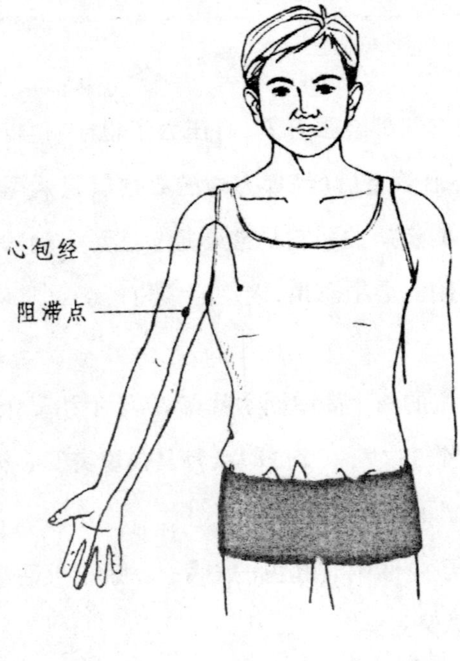

肱二头肌附近会有一个阻滞点，是反映一个人心脏和心血管状态的“晴雨表”。

肺经，让邪气俯首称臣

> 不管是清气，还是浊气，乃至于害人生病的邪气，都会归于肺经。通过调节肺的功能，我们就能实现气虚的培补、气逆的顺调、浊气的排放和清气的灌溉。所以，想让邪气俯首称臣，我们首先就要调理好肺经。

学习经络知识，并不需要把每条经络的方方面面都记住，关键是你要理解它，并把它变成自己的东西。做到了这一步，你对付起一般的疾病来便会游刃有余。

就拿肺经来说吧，它跟咳嗽、痰多、哮喘等呼吸系统常见疾病有关，所以，你感冒、咳嗽的时候就可以揉肺经，一揉，肯定会发现许多敏感部位。

这时候，你也不用管它是风热感冒还是风寒感冒，是外感咳嗽还是内生咳嗽，是肝火咳嗽还是痰湿咳嗽，只要用大拇指按住肺经上最痛的点，一上一下地揉就可以了，也可以用刮痧的方法，哪痛刮哪。只要一出痧，您的病状也就缓解了。

肺经上还有一个穴位对老人特别有帮助，叫尺泽穴。当我们一合肘的时候，它就在肘窝里面。尺泽穴有几大功效，第一个就是降血压，功效特别明显。很多人有高血压，一按这个地方会非常痛。痛就说明你按对穴位了，以后就每天揉按这个地方。

有一位老太太已经73岁了。有一天，她特意从外地赶来北京感谢我。

她说:“你讲的这个方法效果太好了。我揉这个穴位揉了三个月,二十多年的高血压就降下来了。原来,我的血压老是160、170,现在是130、140了。有时候再吃一点降压药,血压就变成95了。”我便问她:“您还用其他方法了吗?”她说:“我就揉这一个穴,就数这儿疼,别的穴我也找不着。”

尺泽穴还是一个补肾的大穴,保健效果非常好。不过,光揉这一个穴位还不够,最好跟肾经上的复溜穴配合着使用。复溜穴也好找,它就在脚内踝骨上面。我们的脚后跟上方有一个浅窝,浅窝上方大约5厘米处便是复溜穴。

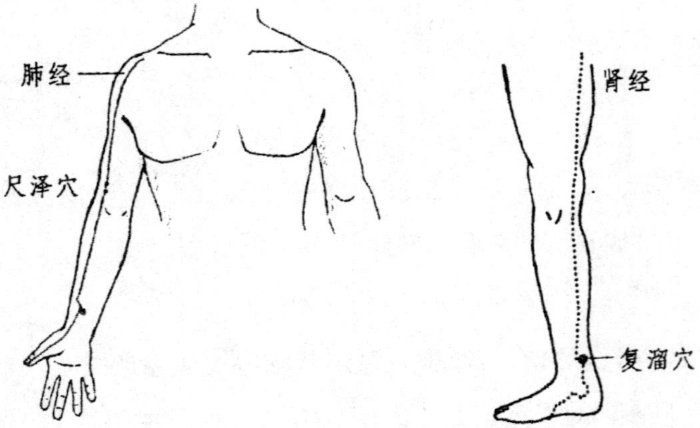

常按尺泽穴可以降血压,与复溜穴配合使用更有补肾之功效。

一般说来,一个人上气不接下气,不光是肺有问题,肾也有问题。其中,肾是管吸气的,气吸不到肚子这一块,就是肾气不足;一个人吐气吐不出来,就会在肺那里憋着。比如,哮喘就是肺肾两虚引起的,光调理肺的话很难祛根。

原来,肾经与支气管相通,支气管两侧分布的全是肾经。一个人要是有咳嗽、哮喘方面的问题,除了按揉肺经,还可以找一找肾经。至于高血压、耳鸣之类的症状，也跟肾有关，按揉肺经上的尺泽穴和肾经，就能收到良好的效果。

《黄帝内经》说："诸气者，皆属于肺。"不管是清气，还是浊气，乃至于害人生病的邪气，都会归于肺经。通过调节肺的功能，我们就能实现气虚的培补、气逆的顺调、浊气的排放和清气的灌溉。所以，想让邪气俯首称臣，我们首先就要调理好肺经。

授人以穴，不如授人以渔——如何使用身体这部字典

我们的身体就是一本活字典，您只要没事儿的时候随便用手一摸，就能摸到经络、穴位，而且，您只要知道“查字典”的方法，就不需要揉遍12条经络上的360个穴位。您只需要揉对您有用的就可以了。

敲打经络之前，您一定要知道它是通向什么脏腑，解决身体什么地方的问题，否则，您敲打了半天，甚至敲肿、敲青了都没效。

还有很多人根本就不敢使用经络穴位，怕揉错了揉到死穴上就麻烦了。这个顾虑不仅老年人有，年轻人也有。

其实，穴位和经络是您的保护神，它们是善意的，友好的。您揉它，它会加倍回报给您。所以，您揉错了也没事。

另外，按摩穴位的时候，您得一个穴位接着一个穴位地找，找到痛点才按，这样才可能有效果。即使您没什么经验，顶多是按摩这个穴位后没感觉。

另外，不疼的地方，就先别按了。因为气血还没有到这块来，这块的经络还没有接通，您再怎么用力按也没用。这就跟有时候家里的灯泡不亮了，这时您就会想是不是插销没插好，弄好插销之后灯还是不亮，原来是停电了。

身体也一样，穴位您即使找得再准，但有时候它就是没反应，什么原因？气血没过来。

您只需要揉身体上那些敏感的穴位。那穴位什么时候是敏感的呢？当

您有与这个穴位相对应的疾病发生的时候,它就最敏感。

比如说足三里这个穴位吧,当您胃痛了,这个时候一按足三里,就会感觉到它比平常要痛上一倍。此穴平常我们是很难找到的,但胃痛的时候用手一捋就找到了,根本不用费多大的劲。

经络就像一张网,足三里就是网上的铃铛,当您胃疼的时候,这个铃就给您报警,报警的时候您再按足三里,也就一两分钟时间,胃痛就会缓解。为什么见效这么快?因为经络内通脏腑,外通四肢百骸。它就像一只无形的长臂触手一样,您哪块有病,都会有相应的一个穴位来专治它。

又比如说各个部位的头疼,都会有专门的穴位来管。比如说耳朵附近的头痛,您一看经络图就会知道问题是出在三焦经上,您就在三焦经找痛点,然后多揉,疼痛就缓解了。另外,耳朵再往上一点有胆经、膀胱经经过,如果疼的地方是膀胱经所经过的,而您去揉三焦经,那就没什么效果,您得按膀胱经上管这块的相应穴位。所以,不同位置的头痛所要找的穴位也不一样。

人体上的每一个穴位都对应着身体上的一个病症。所以,咱们的身体就相当于随身携带着一个药囊,哪块有病都可以找到治愈它的穴位灵药。

穴位永远比病高明

有些人看了我的书后学了一招——通过按摩足三里来治胃疼,还挺管用的。胃不疼了,但没多久肚脐眼附近却开始疼了,这时您再去揉足三里,都揉破皮了,却怎么都不管用。

为什么呢?因为疼痛点变了,它从上面往下走了,这时,您所使用的穴位也要跟着变。怎么变呢?肚脐眼附近这块是小肠分布的区域,离足三里不远处有一个穴位叫下巨虚,特别敏感,那就揉揉它好了,一揉您就舒服了。

只有相信经络理论的存在，您才会相信穴位的神力，您才会想在身体上跃跃欲试。如果您认为经络治病纯属子虚乌有，那您自然不会想到要去找穴位治病。另外，如果我已经告诉您一加一等于二了，您说我还想知道二加三等于五，一百加一百等于二百，那我就没办法告诉您经络治病的真谛了。而且，要是您这么去学经络的话，可能一辈子都学不到什么东西。

有一句话叫"饮半盏当知江河滋味，拾一叶尽晓人间秋凉"，这句话的意思就是说：我喝半盏湖水就能明晓整个江河的味道，拿一片叶子看就能体会到秋天的感觉。学经络和学任何知识一样，都是要触类旁通才行。

实际上，我们的身体就是一本活字典，您只要没事儿的时候随便用手一摸，就能摸到经络、穴位，而且，您只要知道"查字典"的方法，就不需要揉遍12 条经络上的 360 个穴位。您只需要揉对您有用的就可以了。

随时随地揉经络

好多人说穴位不好找，找了半天都没找着，那咱们就先用拳头敲打。敲打时，你感觉哪个地方疼酸麻胀，您就在那块找。找着以后，您再慢慢地揉就行了。具体方法不重要，关键是您得知道敲打穴位的目的就是为了排除体内的浊气。

经络是连接生理和心理的桥梁，您只有相信这一点，学起方法来才会有兴趣和自信。说到方法，就曾经有人问我说，什么时候揉经络效果最好？每天要揉多长时间？在这里，我给大家介绍一个好方法。

任何时间、任何场合都可以揉

比如，您在家里坐着的时候，反正坐着也是坐着，何不揉揉经络呢？有人说，每天至少要抽出两个小时来按摩穴位和经络。但一般人没那么多空余时间，也没兴趣坚持那么久。所以，按摩经络时大家千万不要刻意，应该跟玩儿似的才会有兴趣。

好多人说穴位不好找，找了半天都没找着，那咱们就先用拳头敲打。敲打时，你感觉哪个地方疼酸麻胀，您就在那块找。找着以后，您再慢慢地揉就行了。具体方法不重要，关键是您得知道敲打穴位的目的就是为了排除体内的浊气。

按摩穴位时心情要特别放松

人一放松，经络就很容易畅通，所以，你在按摩穴位、敲打经络的时候心情要特别放松。

每个人的痛点不一样，有的是在穴位上面，有的是在下面，但通常都在这个穴位上或它的旁边，把这个痛点揉散开就好了。有好多20多岁的年轻小伙子，揉了一通之后没找着痛点。没关系，没找着就证明你没事儿，说明你的经络挺畅通的。

还有，按揉经络您得持之以恒，别今天看书里写的不错，觉得挺好，回去坚持了两三天就全都抛在脑后了。

还有，除了按摩穴位外，你还得把体内的浊气给排出去。光靠点某个穴只能缓解您一时之急，是不能真正解决问题的。

如何激活免疫系统——大道至简取嚏法

取嚏法是祛疾的灵丹妙药，您一定要灵活运用，举一反三。这样，管它什么风寒风热细菌病毒，都能通过喷嚏把它们打出去。

《黄帝内经》里的祛疾之术

在古代，由于生活水平普遍偏低，大医们就发明了一些不用花钱也能治病的好方法送给老百姓。比如，《黄帝内经》里就有一个驱寒气的大法，操作起来特别简单：您感冒的时候，就从路边拽两根狗尾巴草，狗尾巴草拔出来后既清洁又新绿，还非常有柔韧性。您用这两根狗尾巴草轻轻捅鼻孔，没过多久，您的鼻子就会发痒，忍不住打喷嚏。一打喷嚏您的感冒就好了，因为这就把您体内的寒气给清除出去了，就这么简单，一分钱不花。

古人为什么老说"大道至简"呢？因为大道就这么简单。但就是因为太简单了，大家才会轻视，这是人性的弱点。《名贤集》上有句话，叫"莫将容易得，便做等闲看"，就是说有的东西一分钱不花，很容易就能得到了，结果大家都不重视。很多人会想："那么简单，一分钱不花？我不信，这个不行！起码得花几万才行！"但事实是，您如果没找对方法，就是花几万也不见得管用。

我们做任何事情都得先知道原理，而原理从根本上讲都是非常简单的，不知道原理事情就复杂了。所以，《黄帝内经》上就说了这么一句话："知其要者，一言而终，不知其要，流散无穷。"其实，《黄帝内经》里的治病精髓往往就一句话。如果您不懂得里面的精髓和原理，那您就是看一万遍《黄帝内经》，恐怕也搞不明白。

比如今天您咳嗽了，赶紧吃点儿咳嗽药；明天发烧了，又赶紧去应对发烧；后天胃又疼了，再去治这块，如果是这样治病的话，那您永远都在忙着修残补漏。这就跟下雨补破房似的，今天把屋顶这块堵一堵，明天把破窗这块弄一弄，要我说，您还不如重新盖一个结实的房子。因为人不能一辈子老在自己的身体上修残补漏，为什么非得等到病来了才去应对呢！为什么不事先做好预防呢！

狗尾巴草现在不太好找，那我们就用餐巾纸来代替吧。举一个例子来说，我身边的朋友因为采用了我书里介绍的用餐巾纸来取嚏的方法，两年来没一个人得感冒。另外，餐巾纸很柔软，就是给孩子用也不会把他的鼻黏膜弄坏。请记住，孩子刚有点儿感冒的时候赶紧给他捅捅，这比吃药的效果好多了。

有些人取嚏的时候没感觉，主要是他没找到里面的敏感点。如果找到了，轻轻一捅就会打喷嚏，如此，感冒就与您擦肩而过了。

感冒往往都容易在您疲劳、困倦、饥饿或者心情不好、萎靡不振的时候发生。这种时候，我建议您一定要多使用取嚏法把身体里的免疫系统激活，这样，管它什么风寒风热、细菌病毒，都能通过喷嚏把它们打出去。

一个简单的取嚏法，就可以让咱们不用怕疾了，不亦快哉。

打喷嚏是身体的一种语言

实际上，打喷嚏的含义是很深的，它是身体的一种语言。它在跟谁说话呢？跟自然界说话。

比如说北风吹来了，或者是细菌病毒刚想从鼻子这块爬进来的时候，您的身上就会起鸡皮疙瘩，或者是鼻子开始痒痒，这就是身体在告诉您：外面有敌人——细菌或病毒或冷空气来了，这些东西对您的身体都有损害，要赶紧把它们轰出去，要赶紧把毛孔闭上，把您身体这个家的窗户都关得严严的。这是身体一种无声的语言。

另外，您有时候打个盹，没想到要关窗户，冷风来了，您没起鸡皮疙瘩，这个风寒就直接窜进您的身体里去了，接着您就开始打喷嚏。所以，打喷嚏就是身体和外界的一种对话方式，它告诉您，体内有寒了。

当您的免疫系统被激发起来后，一个喷嚏就能把正在往身体里面爬的外邪给打出去。它再爬，您又一个喷嚏，又把它打出去了。一会儿，您头上就会开始冒汗，外疾也随着汗排出去了。

有人说，我每回打完喷嚏后，不但症状没好转，还开始感冒了，过两天咳嗽又加重了，这是怎么回事？我说，这是因为您喷嚏打少了。本来外面进来三个喷嚏量的风寒，您只打了一个喷嚏，量不够，剩下两个量的风寒对您的身体造成了伤害，您的感冒当然会加重了。

有时候，人连着几天熬夜，疲劳了，免疫系统就弱了；还有，如果人长期呆在四季如春的空调屋里，免疫系统不退化才怪。所以，当外邪来临的时候，它往往只余下打一个喷嚏的力量。这个时候，我们就得再激发它。

取嚏法治手脚老冰凉、过敏性鼻炎效果不错

取嚏法是祛病的灵丹妙药，您一定要灵活运用，举一反三。实际上，这个方法并不是只有感冒的时候才可以用，其他像手脚老冰凉（为什么手脚老冰凉？因为有好多寒气已经在体内堆积下来了，身体没有力量把它赶出

去。)这样的问题也可以用此法来解决。没事的时候您就连着取四五个喷嚏,取完后,浑身就会发热甚至出汗了,这就证明体内的寒气排出去了。

还有的人说我用不着取嚏,我本身就有过敏性鼻炎,每天不用捅鼻子就可以打十多个,哪还用得着借助外力来取嚏呢?我告诉他,您自己打完这十多个以后,别歇着,再拿张餐巾纸接着捅,还能捅出十多个喷嚏来。您每天都这么做,从初一捅到十五,到月底的时候,您再捅,怎么捅都不打了,打光了。其实,不是喷嚏打光了,而是您的免疫系统被彻底激活了。人的免疫系统一旦被激活,人体就不过敏,当然也不怕什么过敏性鼻炎了。

这个时候,您就是把花粉、尘埃这些过敏源搁在鼻子这儿,想刺激刺激它,喷嚏也打不出来了。

与风寒有关的脖子疼、落枕、肩周炎、头疼。取嚏法通治

有的人早晨起来老爱落枕,脖子这块疼,觉得是枕头不好。其实枕头都一样,大家都用这个枕头,你怎么就落枕了呢?实际上这是因为夜里有风寒侵进您的肩膀里了,现在有好多朋友夏天喜欢光着膀子睡觉,夜里还开着空调,那风寒就更容易侵入体内。

人年轻的时候没事儿。不是有句俗话叫"傻小子睡凉炕,全凭火力壮",说的就是这个意思。但岁数一大了,一到50岁了,日积月累积攒下的寒气就该总爆发了,这个时候您抵抗力也没那么强了,就会得一个叫"五十肩"的病。"五十肩"的意思就是说您50岁得了肩周炎。都说这个肩周炎治不好,为什么治不好?因为它不是一天两天得的,是老有风寒侵入您的体内而逐渐堆积起来的。

风寒的一个特性叫"寒凝则血滞"。原来那个血是热的,周流很正常,但这会儿有寒气进来了,血流就缓慢了,一缓慢就堆在那形成瘀血了。一形成

瘀血,这块就开始疼了。

人体哪儿有瘀血,哪儿就肯定会疼,而且那儿还容易滋生细菌病毒,因为细菌病毒只爱呆在有瘀血的地方生活,它在新鲜血液里面呆不住。

所以,我们的目标不要老盯在杀菌上,你不给它制造生存的环境,细菌病毒就没地方呆,它自已就走了。另外,你也没必要杀死他们,细菌病毒本身就不是你的敌人,你要杀它,它就真成你的敌人了。

现在,既然您知道了落枕是由风寒引起的,那就好好取取嚏吧。喷嚏一打完,肩膀那块就会感觉很轻松了。

有的人洗完头后老爱头疼,这也是因为风寒进入体内了。你赶紧用取嚏法打几个喷嚏就没事了。还有的人怕吹风,哪怕有一个小窗户缝没关,他都害怕,为什么?因为他身体里面寒气较重,新鲜的血液过不来。如果是这样的情况,那更要多打打喷嚏,把寒气赶快散出去,打完了,就不怕风了。

便秘一打喷嚏就好

我有个朋友看完《黄帝内经》后很受启发,他说这个方法可以用在更好的地方。他是学高能物理的,所以,他就联想到物理学了。他有一个毛病,就是便秘。他说我现在不怕了,蹲下来的时候,我就把这两根软毛拿出来,往鼻子里一捅,然后“阿嚏”一使劲,大便就下来了。

我说你这个高能物理学得不错,这个是放火箭的原理,会产生一个后坐力。用中医的原理来解释,就是肺主宣发和肃降,出汗、打喷嚏是宣发,肃降就是往下降,排便就是在肃降了。这就是打喷嚏能促进排便的原理。

打哈欠补肾法

打哈欠就跟打喷嚏、嗅玫瑰一样，是人体一个非常好的本能，但是现在的人都在逐渐丧失自己的本能。所以，我们要想健康养生，就要把我们像打哈欠这种日用而不知的很多养生本能找回来。

生活中到处都有咱们日用而不知的养生诀窍，比如人人都会有打哈欠的时候，但并不是每个人都知道经常有意识地去打哈欠可以补肾这个道理吧。

打哈欠是一个下意识的动作，因为人体内的氧不够了，实际上，你一打哈欠所大吸的一口气，跑到肾那里去了，这等于做了一次腹式呼吸，所以，我们经常有意识地去打哈欠就能起到补肾的效果。

比如说嗅玫瑰这个动作，说是有意，其实就是在无意识的状态下做的。所以，什么时候用腹式呼吸法最好？在你睡觉的时候。平常我们都是用胸部在呼吸，但是在你深睡的时候，全是腹部在呼吸，这个时候你的呼吸特别慢，这就是腹式呼吸法——大家日用而不知的一个补肾方法。另外，人在什么时候会打哈欠呢？疲劳的时候，所以，这还是一个缓解疲劳的方法。

打哈欠的时候，你会发现肚脐凸起来了，这就意味着丹田里的气被调动起来了。还有的人打哈欠会流眼泪，这其实是在排肝里面的毒气。所以这还是一个肝肾同补的妙方。

而且，打哈欠的时候，你的两肋会向上提，两肋走的肝胆经，一打哈欠，两肋一提，这不就是锻炼肝胆两经吗！所以当你有气闷在里面的时候，赶紧有意识地打哈欠，你会觉得越打越累，其实就是让你去睡觉，去养气血了。

打哈欠跟按太冲穴有异曲同工之妙。比如说我今天很累了，但生了一肚子闷气，好，不按太冲穴了。如果是女『生的话，也懒得去敲三焦经了，就打呵欠。

每天有意识地多打哈欠能消除你的失眠和烦躁，另外，它还补肾、补肝，能把气血引到肝上去。

其实，打哈欠就跟打喷嚏、嗅玫瑰一样，是人体一个非常好的本能，但是现在的人都在逐渐丧失自己的本能。所以，我们要想健康养生，就要把像打哈欠这种日用而不知的很多养生本能找回来。

一跪得乾坤，膝下生医道——跪膝法对我们的身体有什么好处

练跪膝法的目的就是把您体内的新鲜血液引到腿上，让您身体里的气血能进行一个大循环。为什么人会衰老，就是因为身体内的气血不足，无力完成大循环，只能完成小循环之故。

现在，大家都比较关注减肥这个话题，那么，我们首先就要明白，减肥到底是减什么？

减肥是减该减的东西，但很多人减去的是蛋白质、脂肪等身体里面那些精华的东西。要记住，咱们要减的应该是身体内的废物，只有把它们减掉，你的气血才会更加通畅，身材不会走样。

这些废物就是由浊气、浊水堆积起来的垃圾，那怎么减呢？如果您想减啤酒肚、游泳圈，可以用推腹法，坚持一段时间，基本上就能解决你的烦恼。另外还有一个方法就是敲带脉。带脉就像一条带子一样绕在腰间，它的位置在肋骨以下、胯骨以上，一般是赘肉聚集的地方。因为带脉走的是胆经，所以敲带脉可以帮我们分泌更多的胆汁，消化赘肉。

按照西医解剖学的位置，带脉正好是升结肠和降结肠所处的位置，敲打它可以增强大肠的蠕动，助您排便。所以拿空拳敲它，您大便的次数就会增多。大便通畅了，虽然食欲略微有点儿减弱，但对身体没一点损害，同时"游泳圈"也缩小了。

还有的人需要减大腿上的肉，这种情况用跪膝法最好。怎么跪呢？就在地上铺个垫子，或者索性在床上跪着来回走。

为什么说岁数大的人也可以做这个呢？因为跪膝法不光可以减肥，它还是一个防病和长寿的好方法，是能很快改善我们体质的不花钱的妙药。

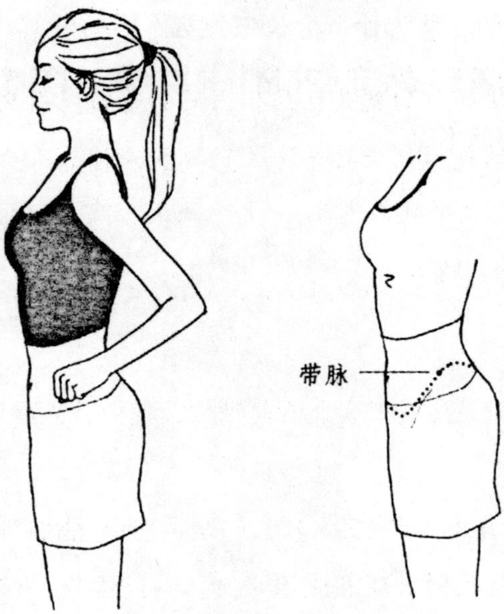

常敲带脉可以促进胆汁分泌，消化赘肉，让您拥有曼妙身材。

对于减肥的女士来说，坚持两周效果就会出来。另外，练跪膝法时往前走走，然后倒着走走就行了，想怎么跪就怎么跪，每天做20分钟就足够了。如果20分钟您觉得有点儿长，比较枯燥，那您就放点喜欢听的音乐。这样，您即使跪着走也好像在跳舞一样，特轻松，20分钟一会儿就过去了。

练跪膝法的目的就是把您体内的新鲜血液引到腿上，让您身体里的气血能进行一个大循环。为什么人会衰老，就是因为身体内的气血不足，无力完成大循环，只能完成小循环之故。

还有，为什么老话说人老是先老脚？这是因为你的新鲜血液不足了，下不到腿上，回流少了，所以腿上就形成静脉曲张、水肿，走路无力之症。老年人还会因此得高血压。

很多女士的脸上老长痘痘，而手脚却是冰凉的。到医院一检查，医生说是体内有火，于是叫她们吃点儿去火的药。到底有火没火呢？其实没有，因为她们的脚是冰凉的。那为什么会长痘痘呢？因为气都跑到上面下不来了，这也是因为体内有浊气在肚子里堵着呢！所以，只要练跪膝法，新鲜气血就会引到脚上，脚就不凉了。

推腹法，除病必尽

您只要推对了，一个礼拜就能见效。但是如果你着急为了完成推腹这个任务，那肯定没什么效果。所以大家一定要记住，推腹最关键的不在于您推多少下，而在于您想推走的是体内的什么东西。

体内的浊气、浊水和宿便就是推腹要推走的东西。

俗话说，除恶必尽，那什么样的方法可以除掉我们身体里的恶疾呢？有一个方法每个人都可以做，而且不拘时间，你做完以后马上就可以放屁排毒了。什么方法？推腹，也就是推肚子。推腹首先是推掉浊气

推腹法做起来特别容易，但就是这么简单的方法都还有80%的人不会。为什么这么说呢？因为好多人用了推腹法后在我的博客上反馈说，我都推了一年了，怎么还是没有什么明显的效果？

尤其是我的一个朋友，他说你写的《求医不如求己》那几本书我天天都在看，都快能背下来了。推腹我也天天做，怎么还没见效？正好那天我也有时间，就说我帮你推推试试吧。他躺下后，我在他肚子上一推，感觉很多地方都有没推走的东西，我就说你还没推呢！他说这些也都要推啊！

所以，练推腹法时知道推什么很重要。有的人不关心推什么，只关心要推多少下。有一个朋友看我书中所写的说要推300下，就只关注这一点，其他的都不看了，回到家就开始推，不到三天就来找我了，说我的肚皮被推破

了，现在还贴着药膏呢！

我问他是怎么推的，他说每天都推了300下。我说，这不行，为什么呢？你这是为了完成任务，以为推完就达到健身效果了，于是，管它有用没用就先推300下再说。这样不行，因为养生这东西是一个细活，俗话说“慢功出细活”，你越着急越不行，因为慢的方法反而见效特别快。

通常来说，您只要推对了，一个礼拜就能见效。但是如果你着急为了完成推腹这个任务，那肯定没什么效果。所以大家一定要记住，推腹最关键的不在于您推多少下，而在于您想推走的是体内的什么东西。

体内的“三浊”：浊气、浊水和宿便就是推腹要推走的东西

浊气，就是我们放出的屁，这是最主要的。您把浊气推出来了，身体的排毒工作就基本完成了80%，剩下的浊水和宿便就会顺着浊气一块排出来。您之前为什么排不出来？因为浊气在那堵着，新鲜血液下不去，所以浊水和宿便没有往下走的力量，因此大便不通，小便也不利。所以，排三浊首先要想到先推浊气。

怎么推呢？在晚上临睡觉前，您先把十个手指的指甲剪平，然后平躺着放松，用手指肚从心窝这儿开始往下推。

为什么我每次都会强调从心窝开始呢？事实上几乎所有的人都没好好推心窝。因为推的时候，心窝这块地方容易一带而过，稍微一推就过去了。其实在推腹的时候，我们一定要在这里停留一会儿，因为人体的气和水，还有脏东西最容易在心窝这儿堆积，这就是人难受的时候为什么会觉得心口堵闷的原因。

有很多人晕车、晕船，车或者船一开动，他就开始恶心、头晕了，这是为什么？因为他体内的浊气在肚子里堵着呢！一上下颠簸，浊气就出来熏蒸

你了，当然会有这些症状。你也许会说我吃点儿药就不晕、不恶心了，但是这些药是让你麻醉，让你睡觉，让你转移对这事的注意力，而且，它管用的时间也不长。所以治晕车、晕船的关键还是得把这个浊气排除才行。

浊水就是体内的湿浊

浊气是屁，那浊水是什么东西呢？很多人的体内都有浊水。

什么叫浊水？有很多人说，我痰特别多，老爱吐痰，这个是否就是体内的浊水？没错，浊水就是您体内的湿浊。

痰是从哪生出来的呢？从胃这块。“脾胃为生痰之源，肺为储痰之器”，因为这句话，有的人就觉得痰是从肺上生出来的。其实，痰之源是脾胃。比如，有的孩子生病后不爱喝汤药，好不容易喝下去了，结果一会儿就吐出来了，一看，孩子吐的是一堆的痰。不过，药虽然吐了，但他的病也好了。

另外，浊水一遇到冷空气就会变成痰饮。所以，好多人一遇到风寒，就老要吐痰。另外，喜欢吐痰的朋友晚上睡觉的时候还会流好多口水，这都是因为心窝下有湿浊引起的。

不是每个人都适合喝八杯水

浊水对人体的危害很大。它如果窜到腿上去，就是水肿；如果跑到皮肤表面，就成了湿疹；如果上到头部就导致眩晕症。另外，体内浊水（湿浊）多的人如果内寒较重，吐出来的就是白痰，如果肝火比较旺的话，吐的就是黄痰。

体内湿气很重的人一定要少喝水。因为喝进去以后根本代谢不出去，存在体内只会加重湿浊。

不想喝水或喝一点就感觉嗓子眼被堵住了，这样的朋友千万要少喝水。都堵了你还使劲往里灌，越灌头就越眩晕。所以有好多晕车的人，喝完水以后更晕了。他晕车本来就是因为体内有浊气、浊水，这个时候应该往下推腹排湿浊，结果他还喝水，不更晕车才怪。

推腹要着重推大腿根和小腹交接的地方

还有的中老年朋友有前列腺疾病，撒尿不痛快，站半天也撒不出几滴尿来，撒完了还有点淋漓不止，什么原因？就是因为新鲜血液到不了膀胱、前列腺这块，半路上有好多浊气、浊水堵住了这个通道，血液过不来。缺血了，撒尿就没有动力了。这样的朋友就需要经常推腹。

在推的时候，大家要着重推大腿根和小肚子交接的地方，一个形似三角形的区域，肝和肾不太好的朋友，您一推就会感觉这一块有好多硬筋，您多拨动拨动这些硬筋，然后揉开它们，继而您又会感觉到有好多痛点，您再把这些痛点给揉散了，这时新鲜血液就引过去了，您会感到浑身有劲，撒尿就痛快了，前列腺炎之类的病也会开始好转。

所以，要想真正消除体内脏器的炎症，光靠吃药是祛不了根的，您得把新鲜的血液引过去修复病灶，这样才能通过改善身体内的环境来消除细菌滋生的场所，这才能除病必尽。

只要您方法对，"推腹法"怎么推都行

说了这么多，推腹法具体怎么做呢？很简单。顺时针推、逆时针推，或者是向上推、向下推，您想怎么推都行，只要您知道推腹的最终目的是什么。这就像去某个地方，目的地明确了，开着奔驰去，坐着牛车去，都没关系，您

就是走着去也行，关键是您的方向得对。

推腹的目的就是为了推“三浊”，只要“三浊”能推开，您的身体就不会出毛病。

不过在推之前您最好先敲打敲打腹部。因为有的朋友肚子挺大，肉也挺多，他肚子里的硬结藏得比较深，您推的时候有时还真的推不到。这时您就得敲，一敲一振动就知道哪块有问题了。凡是敲的时候，哪块感觉有点儿痛、有点儿酸胀的，一推还推不开的，这就是硬结，堆积在一起的就是脏东西。

如果您曾经动过手术，那我建议您在推的时候要避开伤疤。而一般人推腹是没什么问题的，怎么推都没什么事儿。

有的朋友对推腹还是有顾虑，他会说，我这么一推，肚子里那么多重要的脏腑会不会被推坏啊？

我说，人体都有一种自我保护的功能，而且脏器外面还有体腔，所以，您就放心地推吧！推到感觉难受的地方，都是病灶点。

推腹的时候，如果感觉有一个气团在来回游动，说明您的浊气还没堵住通道，您体内也还没有瘀血。如果推的时候有些地方摸起来就像是一个硬条，那您就得把它们给推散了。

推的时候，原本您还以为长了一个瘤，结果推完后您发现，不过就是一堆屁。因为您一推，里面咕咕直响。几分钟后，放了几个屁，那些气团、硬条也就散了。

还有的地方摸起来像一道道水槽，这就是浊水堵在那儿的表现。把浊水推下去，水槽就会消失。另外，你刚开始推的时候，这一块也会咕咕直响，推到后来，一打嗝儿一放屁。你再去推就不是咕咕直响而是变成“哗哗”的尿了。为什么会这样？原来这些浊水都结在气里面，叫气裹水，现在气都散了，水就可以从尿里排出去了。

具体怎么来推呢？晚上睡觉的时候推一次，早晨起床后再推一次。为什么一天要推两次？头一天晚上这次是为第二天做准备的。这一次，你一推，有时候不放屁也不打嗝儿，为什么呢？因为你已经劳累一天，气血不足了，推完以后，你只会觉得疲劳，想睡觉了。所以，你推完了正好就睡觉。

睡不着的人做这个正合适，你也甭数绵羊了，推这个就行。推完了，手也累了，人也累了，就想睡觉了，晚上睡得还比较沉。

第二天早上起床后，活动个十几、二十分钟再去推。因为已经睡了一宿的你，气血都足了，所以，这个时候一推，又是打嗝又是放屁的，浊气就全排出去了。这时，您吃早饭也香了，早晨起来也不至于犯困了，整天人都神清气爽，而且，什么血脂粘稠的现象也不会出现了。

我很愿意把家里这些压箱底的东西跟大家一起分享。因为，它们既不是我的发明创造。我一说大家都知道，而且很多人原来就知道这些方法，只是他们可能忽略了，现在我的目的就是让大家对这些方法重视起来。

很多东西，或者是知识，其实不需要现学现教，你只要把原来忽略的那些东西找到，这才是最重要的。要知道，有些东西忽略了，也许是一生都错过了，再想找的时候就已经永远失去了。

但是一旦找到了，我们学起来又有什么难的？实际上，我书里讲到的所有方法举手投足间就可以掌握，没什么技术含量，都非常简单。大家只要明白这些方法背后的道理，治病有何难矣。

要想治病，就得从调肝开始

肝是不受补的。为什么不受补？因为肝本身就是人体的一个大仓库、大银行，所有有营养的东西都在那儿堆着，我们需要用的时候再把它调出来，所以，我们并不需要往里填，护养肝脏重在把它的潜能激发出来。

喝酒不一定伤肝

现在得病的人很多，我每去一个地方演讲的时候，听众总会问我治病的方法。他们说，我不关心那么多，我只关心跟我有关的。这真是说出了一个真理，确实，每个人都应该关心跟自己有关的事，这样才能发自真心地想做。

说到这里，我想起了跟养生有关的三句话：第一，要想预防疾病，就得从强壮脾胃开始；第二，要想强身，就得从补肾开始；第三，要想治病，就得从调理肝脏开始。

这几句话的意思就是说，要想活到 120 岁，您就得补肾，肾不强的话，您就活不到天年。您说不想让身体有病，那您就得好好调理脾胃。这样，您吃下的东西就能变成新鲜的气血被身体吸收，人也自然健康了。但是，您要是想把身体里的病给彻底去掉，那就得调肝，不调肝的话去不了病根。这是三种完全不同的养生方式。但是，今天大家更应该注意的是什么？不是强身，不是防病，而是如何把一些已经形成的病去掉，所以，调肝便显得尤其重要。

怎么调肝保肝？好多人是这么理解的：保肝就是别喝酒，少吃点儿肉多吃点素，是不是这样的呢？有些人常年吃素，可到医院一体检，脂肪肝；相反，有些人喝完酒之后不仅浑身舒服，还精力旺盛，越活越精神。这些现象是不是跟大家心里所想的有所冲突了？

实际上，酒是一个中性的东西，它既能伤肝，也可以补肝，给人增加力量。关键就看你的肝功能本身强不强。如果你的肝功能很弱，一喝酒就能把肝给伤了。可要是你的肝功能很强，你喝点酒是不会伤肝的，甚至还会养肝。比如说，“酒逢知己千杯少”，我心里高兴，这时候喝点儿酒也不会醉，还觉得挺好的，觉得挺有劲。这个时候，酒并不伤肝。

肝本身会分解一种酶，可以把酒精中和、化解掉，然后再把酒里面的营养成分给吸收了，从而转变成一种动力和能量促进血液循环。所以，说喝酒伤肝并不完全正确，关键是要看肝本身的功能强不强。

生气的时候您的肝功能最弱

当肝功能最弱的时候，身体也最容易受到伤害。在这种状况下，经常喝酒就特别容易得酒精肝。肝在什么时候功能最弱呢？生气的时候。人一生气，肝的功能马上就开始降低。这个时候甭说是喝酒，你就是吃点儿肉，里面的脂肪和蛋白也分解不了，结果，本来是有营养的东西却变成了毒素。所以说，吃进肚子里的东西有没有营养，不在于你吃了什么、不吃什么，而在于你的肝功能是不是正常的。

生气不仅是影响肝功能正常与否的一个根本原因，而且还是主因，像喝点儿酒之类的事只是诱因。我这么说并不是叫大家以后可以随便喝酒了，像已经患有酒精肝、脂肪肝、肝硬化等疾病的朋友还是别喝酒了，喝多了只会让病情加重。

所以,要想让肝功能一直保持正常,我们的当务之急是把肝脏的潜能给激发出来。

让我们先记住肝的三大功能:第一,它给心脏补血。中医讲,“木生火”,肝属木,心属火,所以,肝脏能给心脏补血;第二,它可以分泌胆汁,把体内的脏东西排出去,把有营养的东西吸收进来,促进新陈代谢,这也是一个造血的过程。还有一个功能就是,肝是最大的解毒工厂,它可以把你体内的毒素分解掉。

有人说:“既然肝的功能这么好,我想补补肝,行不行?”不行,肝是不受补的。为什么不受补?因为肝本身就是人体的一个大仓库、大银行,所有有营养的东西都在那儿堆着,我们需要用的时候再把它调出来,并不需要往里填。否则,你的“银行”里存了不少“钱”,却不会花,还在那儿向别人讨饭吃呢!所以,护养肝脏重在把它的潜能激发出来。

先把脏东西从体内排出去再补

一个人肚子里有脏东西，就跟有个大泥坑似的。这时候，你不想着先把大泥坑清理干净，还往里面倒水、倒补品，最后不就成和泥了吗！所以，先清后补，方为进补之道。

现在，很多人都认为水能排毒，主张多喝水，最好一天喝八杯。他们觉得，水能进入血管，像刷子似的冲刷血管壁上的瘀血。

其实，这完全是人的一种美好想象。因为，黏在血管里面的脏东西根本就没冲出去，全堵在血管里了，如果风寒来袭，就会变成痰了。尤其是有哮喘病的朋友，老有痰还总喝水，结果痰更多了。所以，不是每个人都适合喝八杯水，有的人连三杯水都不适合喝。

那什么样的人可以随便喝呢？喝完水后半个小时就撒尿，而且撒的都是大泼尿，或者是喝点儿啤酒，还没喝完就去上厕所的人。这样的人排泄功能很强。过去，人们老认为这样是肾虚的表现，其实不是，这样的人肾才好。你喝了五瓶啤酒，第二天才排出来，或者是老想撒尿，但是每次却只撒那么一点点，这样的才是肾虚。

很多时候，水下到肚子里之后就直接变成湿浊了。这时候，人要是去坐车，就容易头晕，因为车一摇晃，这股湿浊就开始往上涌。也有些人肾功能比较弱，排不出尿，喝水喝多了反而形成水肿，或者在皮肤表面形成湿疹。

生活中，不少人患有眩晕症，就是喝下太多水代谢不了的结果。到医院一查，医生告诉他说：“你耳道里有积水，这叫美尼尔氏综合征。”

其实，这不是他耳道有水，而是心窝的水没能下去，顺着经络爬到耳道上来了。如果看不到这一点，光顾着清耳道的水，结果只能是刚把上边的水清理完，底下的水又上来了。所以，治眩晕症光去排耳管里的水是不管用的。

当您眩晕的时候，您首先就应该推心窝，一推，把这块的水一散，您马上就不眩晕了。

因此，喝水这件事一定要因人而异，尤其是那些体质虚寒、手脚冰凉、尿也比较少的人，一定要少喝水，否则喝下去之后全存在体内。这么存着有什么坏处呢？刚才谈到的眩晕症是一个，还有的人肺功能比较弱，里面积了水，再来点儿风寒，就形成了痰饮，老吐痰。

再比如说补钙。现在，很多人都觉得钙这东西好，可是补钙真能让我们受益吗？如果一个人缺钙，可能他吃的补钙之物越多，反而越补不进去，全成了负担。为什么？因为很多人缺钙并不是因为他吃的食物里缺少钙，而是他体内根本就不吸收。若是碰到这种情况还要去补，最后不就变成垃圾堆在身体里了吗？严重点儿的甚至会变成结石。

中医里的一句话叫“虚不受补”，指的就是这种情形。可是很多人不懂，觉得现在有钱了，可以好好地大补特补了，买二两人参、四两鹿茸，再搞点燕窝，结果没吃上几天，鼻子就流血了。

身体缺少营养的话，肯定是要补的。有不少人体质虚弱，根本原因就是身体缺少某种元素，结果闹得浑身没劲，各种功能也在不断下降。另外，在进补之前我们一定要记住先把脏东西排出去。一个人肚子里有脏东西，就跟有个大泥坑似的。这时候，你不想着先把大泥坑清理干净，还往里面倒水、倒补品，最后不就成和泥了吗！所以，先清后补，方为进补之道。

第四章
把脉心肝脾肺肾，巧用中医六大法

砭术专祛瘀血

在病还比较轻、比较浅的时候，咱们用砭的方法见效最快。没必要把这些小毛病想得那么复杂，它就是里面有瘀血了，你用刮痧的方式把瘀血顺着经络刮出来，病就自然好了。

第一个是砭。

“砭”这个字好理解，左边石字旁，右边一个“疲乏”的“乏”字。古人认为一个人疲乏了，就是有点儿病态了。这个时候，拿一块石板给你刮刮痧，帮你去掉疲乏，这个就叫做砭。

最早的刮痧板是石头做的，叫砭石。现在，人们通常用玉或水牛角来做这个刮痧板。其实，工具用什么材料制成的并不重要。你就是拿一个汤勺、一支炒饭的木铲也挺好使的。反正只要工具顺手，你就可以自己随便找，没有限制。有的人认为没有刮痧板就没办法刮痧，这完全是一种误解。

同样的道理，我们没有刮痧油也不要紧。你要是有香油，就弄点儿香油上去。没有香油，弄点儿橄榄油也行。洗面奶、润肤霜全行。在南方有些地方，我见过有些人甚至只是拿汤勺醮着水刮，效果也挺好的。所以，你只要记住，工具都是咱们人为制造的，具体要用什么材料并不是最重要的，重要的是咱们得知道理念。知道了理念，知道它是怎么一回事，我们就能很灵活地使用它了。

其实，除了刮痧，刺血疗法也叫砭。比如说，一个人身上长了个毒疮，古人就拿根石针把脓排出来。这就相当于我们现代的外科手术，但在中医里面，这也是砭的一种。

在病还比较轻、比较浅的时候，咱们用砭的方法见效最快。比如说，夜里没盖好被子受了风寒，或者脖子落枕了，这个时候，咱们就可以在疼痛的点上抹点儿油，拿一块刮痧板，顺着这一块刮下去。刮出黑痧之后，它马上就不疼了。

过去有个土方子，就是一碰到这些情况就拿根擀面杖使劲擀，结果擀了半天，痧没擀出来，反而疼的地方越来越热、越来越疼。也有些人不是用擀面杖擀，而是吃点儿药，让药顺着肠胃进去，再通过血液循环走到落枕的地方。结果，折腾了一礼拜也终于治好了。当然，也有可能第二天又受风寒，于是旧病复发了。其实，没必要把这些小毛病想得那么复杂，它就是里面有瘀血了，你用刮痧的方式把瘀血顺着经络刮出来，病就自然好了。

用针如神,“烧山火”“透心凉”

> 针也是很管用的一种治疗方式,关键是你要把经络都搞清楚了,知道气和血是怎么引的,火是从哪里散出去的,寒又是怎么排掉的,否则就会成了乱扎。

了解砭的用法和原理之后,想必很多人都会有一种体会:中医治疗是立体疗法,一个人生病了,并不见得总要吃药,而是在不同的阶段使用不同的方法。病还比较浅,可能砭一下就行了。如果用砭的方式还治不好,这时候再试一下针——中医疗法就是这样由浅入深的。

另外,人们所说的“扎针灸”只是扎针,“灸”是另外一种方法。只不过,很多人因为对中医没有细致的了解,所以经常会把它们搞混。

一个人在什么情况下需要用到针呢?就是病还在经络里面,比如说已经气血瘀阻了,但是光靠外在砭的方式已经不大管用。这时候,咱们就可以用扎针的方式通一通经络。经络一通,气血便流了过来,病也就好了。比如说,一个人得了脑血栓后遗症,气血不畅,半身不遂,这时候就可以给他扎一下针试试。

不过,很多人用针后的效果并不是很理想。为什么呢?除了火候不到,不知道扎的力度多大、应该扎多深之外,不知道往哪里扎也是一个重要原因。有的人在没有气血的地方扎,可是它根本不传导,你就是把那一块扎成蜂窝煤了也没用。那怎么办?有的人说,那我就往好的地方扎吧!可既然是好的地方，那你还扎它干嘛呢？好的地方根本不用扎。所以，针跟砭一样，我们得先了解它的原理，才能很好地使用。不过，这个方式太复杂，我只简单介绍一下就行了。

首先，你得了解，扎针的目的是什么？有一块地方气血不通了，我们才用得到扎针，所以扎针的主要目的是把好的地方的气血给引过来。所以，我们得先弄明白哪一块需要新鲜气血，这些新鲜的气血又要从哪里引过来。如果引不来新鲜的气血，即使你在患处又是猛扎又是按摩什么的，一点儿用处都没有，因为通通是废招。

打个比方说，我们要治疗的部位是灯泡，那经络就是电线，而新鲜的气血就是电源。要是停电了，你就是再怎么插插销，灯泡也亮不起来。经络要起到传导的作用，首先得保证它有足够的气血。只有这样，上面的穴位才是活的穴位，否则经络就是死的经络，穴位也是死的穴位，全趴在那儿，不工作了。有些人把经络都扎青、扎紫了，还是不管用，就是这个原因。

什么叫做“补”？在扎针引气血的时候，我们往往不会往某个地方一扎就完事了，而是要留针，把针留在那儿半小时。可能刚开始的时候你没感觉，但是慢慢地你就会感觉到气血流了过来。哪一个地方比较虚，就把新鲜的气血引到这儿来，这个过程就叫补。

跟“补”相对应的就是“泄”。什么是泄？哪一块堵住了，出现了浊气和瘀血，我们就用针在那儿开一个口，让它们有个通道可以排出去，这个过程就叫泄。实际上，补和泄是扎针最主要的两个功用，至于具体的操作方法，大家有兴趣的话，可以自己买专业的书籍来看，或者向专业的人士请教，我这里就不详细介绍了。

最后，向大家介绍扎针中两招比较牛的。一个叫“烧山火”，就是一个人身体非常寒凉，感觉跟掉进冰窖似的，这时候给他扎上两针，他就会觉得浑身突然跟冒火了似的。通过扎针的方式把你身上的“火”给烧起来，这就叫

“烧山火”。跟这个相反的就是“透心凉”。一个人身体非常热,别人都穿着大棉袄呢,可他穿着短袖还一直在冒汗。这时候给他扎个“透心凉”,他的火气马上降下去。

总之,针也是很管用的一种治疗方式,关键是你要把经络都搞清楚了,知道气和血是怎么引的,火是从哪里散出去的,而寒又是怎么排掉的,否则就会成了乱扎。同样,扎针也是一个完整的思想体系,并不固定在某个穴位上,我们要学会全面了解,综合调配。

艾条辟邪，艾灸驱寒

艾条这东西可能很多人都知道，能作辟邪之用；另外，日本人堪称世界上最长寿的民族，男的平均寿命有83岁，女的则高达86岁。他们为什么能够活得那么长？就是靠艾灸。

说完了针，咱们再谈一下灸。这是经常和针相提并论的一个方法。在临床上，它们也经常被放在一起使用。

本来，一个人毛病不大，用针的方式就能治好，但他体内寒气太大，摸上去冰凉冰凉的，针扎上去就跟扎在死肉上似的，气血并不传导。原来，寒气有一个危害特别大，就是会造成血液流通缓熳。中医里有一个名词叫"寒凝则血滞"，就是说，寒气一来，身体就跟进入冬天似的，血液越流越慢，甚至会形成瘀血，像水结冰一样。这种人有个特点，手脚冰凉，稍微受点儿风就会感冒。

对于这种人来说，平时最好的养生方法就是取嚏法，多往外打打寒气。另外，除了取嚏法之外，艾灸最管用。

艾灸是个什么东西？艾条这东西可能很多人都知道，能作辟邪之用，卷起来的话很像咱们平时看到的烟卷，不过它比烟卷大一些，有点儿像国外的雪茄。里面搁着艾茸，点着了以后放在离需要灸的穴位一两厘米远的地方。其实，这个距离也没个定法，您要是觉得烫就挪远一点，要是觉得不烫就可以离穴位近一些，多灸一会儿。

灸足三里这个穴位可以让人变得长寿，而灸神阙或关元可以增强人体源动力。

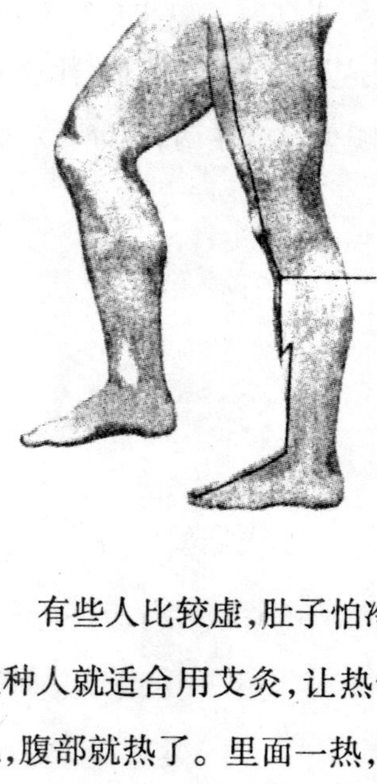

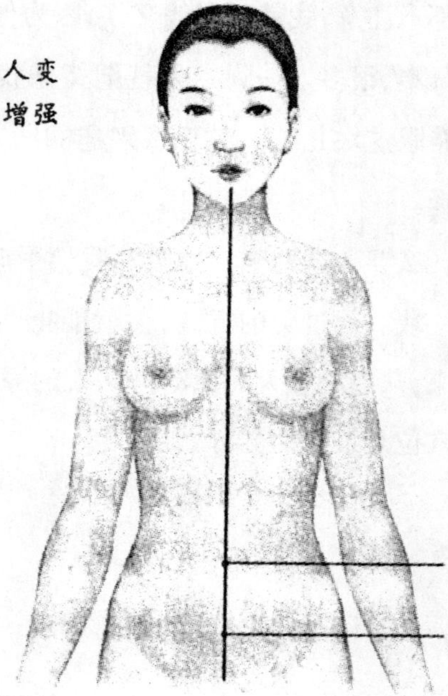

有些人比较虚，肚子怕冷，还老有胃寒，平时恨不得在上面搁个热水袋。这种人就适合用艾灸，让热气进入到穴位，再进到肚子里。过上那么一会儿，腹部就热了。里面一热，血液循环也就加快了。这时候，你再用针去扎，就能把气血引过来了。否则，它就是一块寒冰，你怎么扎针都感觉像是扎在冰上，不管用。

所以，灸说白了就是通过温热的方式让人体内多一点热能，从而起到活络气血、排出寒气的作用。

艾灸是中国一个很古老的养生方法，不过现在用的人不如过去多了，倒是在日本那儿发扬光大。如今，日本人堪称世界上最长寿的民族，男的平均寿命有 83 岁，女的则高达 86 岁。他们为什么能够活得那么长？就是靠艾灸。他们有一句谚语，叫“不和不灸足三里的人同行”。原来，灸足三里这个穴位可以让人强壮起来，变得长寿。这句话的意思就是，如果一个人连自己的健康都不注意，我就不和他交往，因为他是一个没有智慧的人。

在日本，很多人一到冬天就把艾条找出来，有的在足三里这块儿灸，有的在肚脐眼这块儿灸。对于感兴趣的朋友来说，灸关元穴或神阙穴是个不错的选择。

为什么要灸这两个穴位呢？我们平时常说“意守丹田”，所谓的“丹田”就在这一块。通过灸的方式，你就能把气血引到这里并让它回归到肾那儿储存起来，从而增强人的原动力。人的原动力在哪里？就在两肾。所以，灸这两个穴位是最好的养肾之道。

药与按跷，都能通经

按跷有什么好处呢？其实，它就是自我按摩的一种，可用于自我保健，而且不存在补泄的问题，比较安全，大家可以放心地做。

如果用了砭、针、灸这些方式之后还不管用，那就说明这个人已经病得很深，接下来就该用药了。比如说，一个人得了尿毒症，或者肝硬化，你再怎么扎针也不管用。这时候，吃点儿药，直接进入脏腑，就会离病灶近一点，效果也会比较明显。

说到用药，它比扎针还复杂，我在这里就不细说了，大家只要记住一点就行了，到了需要用药的阶段，就说明这个病已经比较重，需要去看医生了。

另外，按跷可能很多人不熟悉，并不知道它是干嘛用的。

咱们先说按。按就是按摩。现在，越来越多的人开始注意保健了，按摩就是比较常见的保健方式。跷呢？看到这个字的时候，很多人应该会想到小时候玩的跷跷板，这边高来那边低。所以，跷就是抬起脚，把脚搬起来的意思。现在，按摩的方式有很多种，有些中式按摩就是点点穴什么的，有些则会把你的脚抬起来。而既有按摩又有搬法的，才可以叫按跷。

按跷有什么好处呢？其实，它就是自我按摩的一种，可用于自我保健，而且不存在补泄的问题，比较安全，大家可以放心地做。说到这儿，我就不得不提一些错误的观点。现在，一些年轻人武侠小说看多了，老担心自己按的时候会按到死穴。有的人就问我:“某条经络是从上往下走的,从胸脯到四肢,那我按摩的时候是不是就要从上到下,不能按反了?按反了是不是就会有问题?”

其实,按跷并没有补泄的作用,这一点是我们必须明确的。针灸为什么强调补泄?那是因为它有留针,可以把气给引过来。但是我们按摩的时候并不存在这个问题。按摩做的只是顺水推舟的事儿,比如这一块堵了,我们就按一按,把它给按散了,那一块虚了,我们多揉揉,把它补实了。它引不了气。

所以,大家大可放下心来,随便按,按哪都没事儿。而且,穴位对我们都非常友好。什么叫友好呢?就是身体有病的时候,它就会反映出来,表现得特别敏感;没病的时候,它就踏踏实实地待着,像在睡觉一样,你去按摩它也不敏感。所以,我们按的时候就要按摩敏感的穴位,这些才是我们关注的重点。至于不敏感的地方,就让它们安安静静地睡觉去吧。

穴位要用心去找

找穴时不要拘泥于标准图，那只是一个大致方向的参考，真正的人体地图就在我们自己每个人的身上。你只要用心去找，哪儿敏感揉哪儿，就能找到病根，也就找到了真正的缓解之道。否则，你表面上找得再准，也跟有些人练武功似的，空有一副花拳绣腿，到了关键时候一点儿作用都没有。

很多人问我，如何找经络和穴位呢？很多人生怕找错了，起不到应有的按摩效果。

其实，经络和穴位都挺好找的。比如说，你把胳膊一伸，就能看到上面有三条清晰的经，中间那一条是心包经，对着食指的那条是肺经，对着小指的这一条是心经。有些人可能会觉得很奇怪：怎么会有这么多经？心经和心包经又有什么区别？这些问题都不难，大家只要留心就能记住了。

心经是管神智的，比如说，你最近有点儿抑郁，或者觉得心里有点儿恐慌，你就揉一揉这条经络，心里就踏实下来了。还有就是心脏有问题的，比如说先天性心脏病，这样的朋友就可以多揉揉心经。中间这条心包经是干嘛用的呢？它是管心血管的，冠心病、心梗一类的病都跟它有关。至于肺经，还有人身体的其他经络，你只要有一张经络图，都可以照此推理、寻找，一点儿都不复杂。

有一回，我去一个朋友家，他是开医馆的，在当地小有名气。他让我看一幅宋朝的经络图,我当时就开玩笑说:“你这幅图当成文物还行,要是当做医学图来用,只怕谁也看不懂。”为什么呢?原来,他那幅图上的小人都是平面的,而非立体的,而且上面的线也不规范,像心包经都画到肺经上面来了。可见,古人画经络图也不是都画得很标准。那这种图会不会真的影响我们找经络呢?不会。

其实,大家可以回想一下看过的武侠小说或武侠电影,里面经常会有藏宝图,这些图通常都画得很粗糙,可能就是布上简单画几笔,但是谁都能根据这张图找到宝藏。为什么?因为人家是用心去找的,而不是死板地按图来。

但是,现在有些人在养生问题上就有点像郑人买履了。他会拿一张标准穴位图,然后用尺子量,再照搬到自己身上。如果图上标明是三寸,那他就绝对不会按到两寸五。可你想,有的人胖,有的人瘦,有的人手长,有的人手短,可能都是一样的吗?有的人壮硕一些,可能旁开六指都摸不到那个穴位,有些人比较瘦小,旁开两指就摸着了。所以,穴位这东西不能严格地按照经络图来找,否则找几次找不准,你就没有信心了。

我们要怎么去找这些穴位呢?用心。我们的身体就是最好的地图,只要用心地去揉、去按,我们就会轻松地找到想找的穴位。

在我接触的人群中,我就发现两类人找穴找得最准。一类是老人,我说哪个穴位,他就能按到哪个穴位。我便问他们:“你看见了?”一位老人就告诉我说:“我眼睛花着呢,但我找得着。我没事的时候就摸摸穴位,一摸,发现这儿怎么这么敏感呢!于是赶紧问我儿子,给我看看图,看这是什么穴位?”就这样,一来二往,老人家就记住了许多穴位。

还有一位老太太,患有高血压,她就记住了哪些穴位可以降血压,天天揉那几个穴位。等血压降下来的时候,她已经对那些穴位记得特别准了,忘都忘不了。

还有就是盲人找穴找得特别准。你说,他们都看不见了,怎么还能找得到?其实就是用心。他从不拿尺子量,但是他找得很用心,也记得很用心。所以说,我们要对找准穴位有信心,只要用心了,谁都能找到自己想找的穴位。

另外一个问题是,哪怕你一时半会儿找错了穴位,也不要紧。就像我在前面强调过的,我们身上没有所谓的死穴,你就是按错了也不会产生什么副作用,大不了就是无效,所以不要有什么顾虑。

有时候,我们摸着摸着,反而可能会发现其他问题来。比如说,你本来是想找小腿脾经上的阴陵泉,但是小腿上经络错综复杂,结果找到肝经的膝关穴上去了。可是就这样歪打正着,一摸膝关穴,发现它疼得很厉害,便多揉揉它。过了一段时间,它不疼了,你的相关病症也缓解了。这就等于告诉你了,这个病症并不像你一开始判断的那样跟脾有关,而是跟肝有关。如今,你歪找正着,反而把它解决了。这就是无意中的真意。

所以,我们找穴时不要拘泥于标准图,那只是一个大致方向的参考,真正的人体地图就在我们自己每个人的身上。你只要用心去找,哪儿敏感揉哪儿,就能找到病根,也就找到了真正的缓解之道。否则,你表面上找得再准,也跟有些人练武功似的,空有一副花拳绣腿,到了关键时候一点儿作用都没有。

导引——损有余而补不足

> 导引就是从你身体强的地方转一些能量到身体弱的地方,也就是"损有余而补不足"。这是古人最高明的方法,让疾病在身体内部就自然转化掉了。

最后,我们再来谈一谈导引。

现在,基本上没几个人会导引了,也就武侠小说中还比较常见。比如说,一个人受了伤,一个武林高手就帮他点两下,再用力一推,他就吐出一口瘀血。这口血也叫离经之血,吐出来之后,人也就慢慢好了。其实,这个就是导引。

按照《九阴真经》上的说法,导引就是"天之道,损有余而补不足"。事实上,这句话最早的出处是《道德经》。不过,这个并不重要,重要的是它的含义。导引就是从你身体强的地方转一些能量到身体弱的地方,也就是"损有余而补不足"。这是古人最高明的方法,让疾病在身体内部就自然转化掉了。

但是现在的医学就不是这样的了。比如说,一个人到医院去,医生一看,肝火很旺,便给他开些龙胆泻肝丸,胃火很旺,就开些三黄片。总之,就是用一些外在的东西把他的火给去掉,结果白白浪费了人的许多能量。

其实,火是人体的一种能量。要是有食物搭配,它就会变成气血。只不过,它有时候走错地方了,走到了不该去的地方,结果就成了"上火"。事实上,上火的同时,人体内可能还有很多地方"缺火"呢!

我举一个简单的例子，现在有好多女士经常口腔溃疡，还长痘痘，可是脚底下十分冰凉。她们到医院去，医生就说是火太大了，给开了三黄片一类的泻火药。

结果，两周过后火降下去了，可腿脚却更冰凉了。这时候，医生便认为她体质虚寒，又给开了些温补的东西，可是一补，血压却又升了上去。

这是怎么回事？其实，这种人气血不均衡。脸上长痘痘，还口腔溃疡，说明上面能量强一些，可是腿脚冰凉，说明下面能量偏弱，气血不足。这时，最好的调治方法是能够把上面的能量转一些到下面去，而不是通过降火一类的方式把这些能量白白消耗掉。

当您的脚上气血充足，自然也就不会冰凉了，而且人也不易衰老。俗话说，人老先老脚，许多人岁数一大，就开始步履蹒跚，为什么？就是因为脚上缺血了。慢慢地，可能膝盖也开始受损了，腿上也开始出现静脉曲张了。这些都是因为新鲜的气血流不到下面去，而底下的垃圾也带不出来，不能形成大循环。

什么是最好的解决方法？就是导引。像我前面提到的蹲步走、跪膝法、金鸡独立，还有易筋经，都是比较不错的导引方法。大家平时有空了，可以挑一些适合自己的多加练习。

六法只是术，经络才是道

有的人吃当归、阿胶一类的补血之药，是因为这些东西进入人体以后变成血液了吗？不是。是它进入肚子以后会把气血引到脾上，引到肝上，激发脏腑自己造血。药就是这么回事，不是它本身会有多大补劲，而是它能把气血带到需要的地方去。

中医六法只是招数而已

砭、针、灸、药、按跷、导引，咱们的中医主要就是用这六个方法来治病。或许有人会觉得，既然这是一套代代相传的方法，那我们就不能乱来。其实，这六法也就是一个招数。它跟我前面提到的刮痧板一样，只是一个工具。一个人会因为没有刮痧板就不刮痧了吗？肯定不会。

但是，其中原理你就非掌握不可了。一个人之所以会刮痧，并不是因为他有刮痧板，而是因为他懂得刮痧的原理。对于I董得原理的人来说，只要工具顺手，什么都能拿来做刮痧板，而且一点问题都没有。但是你如果不知道原理，不知道什么时候刮，不知道该往哪刮，那即使刮痧板在手又有何用？

在谈到中医的时候，很多人会谈到砭、针、灸、药、按跷、导引六大法，以为把这些全部掌握了就学到了中医的精髓。比如说，有些人就以为中医只是教人喝汤药。其实，我们看中医不能光看表面。一个人背着个药箱，带着针和艾草,也不见得就是个中医师。真正的中医哪怕赤手空拳,也能治病,为什么？因为他靠的不是这些工具。只要懂得了原理,工具随时随地都可以有。

中医的精髓在经络

既然六法并不等于真正的中医,那么中医的精髓在哪里?

在经络理论上,中医的六法最终都得通过经络才能起作用。如果没有经络,中医六法也就不是六法了,一点用都没有。或许有的人会觉得针灸才是走经络的,而汤药不走经络。其实它还是,只是从脏腑里打通经络。经络是内通五脏六腑,外连五脏七窍的。它像一整张大网,把身体包得严严实实的。所以,有些人觉得吃药好像跟经络没有关系,其实是大错特错,因为这些药最后都是归经的。

比如说,一个人吃人参,吃完了以后,肺气充足,这就是因为人参归脾肺经。再比如说,吃当归补血,就是因为补血的东西都归脾经。至于大家都熟悉的六味地黄丸,它是归肾经的。这些药物都是从里面打通经络的,至于五脏六腑,都只是经络的一部分。

或许有的人会问:“既然如此,那我用药用的剂量大一些,是不是会好点儿?”不见得。在这里,药只是一个引子,它所起的作用就是把你自己的气血引到某个地方去,药本身是不起作用的。比如说,一个人要治肝病,他吃的药里就会有柴胡、白芍等,这些都是走肝经的,它们所起的作用也都是把气血引到肝经上面。等肝脏的气血一充足,病就慢慢好了。

再比如说,有的人吃当归、阿胶一类的补血之药,是因为这些东西进入人体以后变成血液了吗？不是,是它们进入肚子以后会把气血引到脾上,引到肝上,激发脏腑自己造血。药就是这么回事,不是它本身会有多大补劲,而是它能把气血带到需要的地方去。所以,大家请记住这一点,在中医里,不是药在起作用,而是经络在起作用。

所以说,中医里的六法都是方法、小术而已。大家真正要学的是心法。心法是什么?就是经络。大家要是把这个学会了,就知道中医里是什么在真正地起作用。为什么现在瑜伽能够传遍世界,就是因为它给你提供了一个心法。很多人甚至只是朝着那个心法去的,渴望借此达到心灵上的某种提升,至少是精神上的某种振作。可惜的是,中医里已有的心法却被好多人弄丢了。

如果说中药是中医的核心,那么世界各国都有中医。至于扎针,你会,可能别人也会,甚至做得比你还先进。毕竟,这些都只是方法。这就好比你有刀枪剑戟斧钺钩叉,可是别人也有。你想要战胜别人,就得有武功,否则光有一堆武器,你也不会使,或者只会几个花架子姿势,别人上来三拳两脚就把你打趴下了。

不要被五行给套住了

说完中医六法,中医的东西差不多就讲完了。有些人说:"就这点儿东西?太简单了。你再讲点儿阴阳五行之类的吧。"

阴阳五行可以讲,也可以不讲,为什么?因为阴阳五行只是古人用来说明一件事物的工具,它是一个类比。你要是学点儿,有时候会好理解一些,也就是这样。比如说,中医阴阳五行是怎么说的?它说心是属火的,肝是属木的。木有什么特征?木一点就着了,就变成心火了。所以,肝气特别旺的人老爱上火,这叫木生火。这么一说,你就很容易理解了,就这么简单。

紧接着是金克木,脾属土,就是说脾就像大自然一样。大自然生长万物,而人靠脾胃来吸收营养食物。这只是一个类比,你如果有更好的类比,也可以拿来用。但是古人那会儿觉得这个最方便,用相生相克的理念一说就说清楚了。这就是阴阳五行,别把它看得太复杂。甚至什么是相克相生,也不必管它,得从套子里出来。佛家有一句话说得好,“跳出三界外,不在五行中”,我们学中医,可以谈阴阳五行,但是别被阴阳五行给套住了。

不用拜师就能学会号脉

当你为自己把脉的时候，不见得一定是要为自己治病，你也可以想象是在和自己的身体进行交流。听着若有若无的“嘭嘭”声，你会感觉自己正在透过五官观察心灵，体会到一种别样的自在和快活。

号脉其实并不神秘

中医里头有一个比较玄虚的就是号脉。

说起号脉，很多人都会想到这么一副场景：一个老中医一边捋着胡须，一边按着病人的手腕。最后，他能把那个人身体有什么病痛说得一清二楚，甚至妇女怀孕了，他都能号出她是生男还是生女。

事实是不是这样？号脉能不能达到这个水平？为此，我跟很多非常有名的老中医交流过，其中有很多是年过古稀的老中医。我就问他们说：“咱们这个望闻问切中的号脉，到底能达到什么水平？能不能号出一个孕妇的孩子是男是女呢？”

老中医告诉我说，一般的中医大夫按道理来讲都应该能号出来，但是得先让他们在妇产科待上一年半载，对妇科的东西有所了解才行。

这是什么意思呢？就是说号脉这东西，你得有所凭借，不能无中生有。大家都知道中医里有“望闻问切”，可你知道古人是怎么评价它们的吗？“望而知之谓之神，闻而知之谓之圣，问而知之谓之工。”前两句比较简单，可“工”是什么意思？就是指水平还算不错的大夫。他只要多问问你怎么得的病，病多长时间了等问题，问完了后也就大致能知道你得了什么病，病已到什么程度了。

最后呢？“切而知之谓之巧”。在中国的文化里，“巧”算一个贬义词。古人把切放在中医四法的最后面，就是认为“切”不过是中医里面一个很小的技巧。所以说，号脉并不神秘。在古人眼里，它就是一种雕虫小技。

那么，怎样才能“巧”？熟能生巧。号的脉多了，自然就巧了。只不过，后来的人把它无限神话了，搞得它在人们心目中非常神秘。很多人到了医院，碰到一个白胡子大夫，就希望人家给自己号脉，以为自己什么都不用说，一号就什么病都能号出来了。

其实，号脉号的是体质，是用来判断一下你是虚寒，还是实热的体质，以及你的脏腑功能是强是弱，如此而已。至于你有没有胃溃疡，是否得了什么结石，号脉是号不出来的，更何况，中医里也没有这些概念。

比如说，一个人胃溃疡了，中医生号完脉之后就会告诉他说：“你这是肝脾不合。”有的人觉得挺奇怪的，说：“不对啊！我是胃溃疡，怎么就成肝脾不合了呢？”其实，这就是不懂中医号脉的缘故。号脉号的是什么？是病源。他的胃溃疡怎么引起的？可能就是肝脾不合。至于胃溃疡，只是一个症状，并不是病的本源。

学号脉就要避开花里胡哨的东西

号脉这东西，可能有的人在中医学院学了五年也不见得能学会，就跟有的人只学了一天似的没多大区别。为什么这么说呢？原来，很多人学了那么多年，却没怎么实践过，也不知道真正的号脉是怎么一回事。相反，您如果一天内就领会了号脉的意思，并勤加练习，又何须学上五年呢？

其实，号脉说复杂也复杂，说简单也简单。在这里，我把那些花里胡哨的东西去掉，直接告诉你最有用的信息。

我小时候学过一点武术。当时，师傅就告诉我说，为什么中国的武功无法弘扬和传承？因为99%的东西都是花架子，只有一招是真正管用的。但是，师傅不教你，因为一教你，你就成师傅了。所以，他会先教你99招花架子，临终前才告诉你还有一个秘诀。这时候，你会发现这个号称秘诀的招式你好几十年前就练过，可非得到现在经他这么来点拨，你才知道怎么使。

秘诀与非秘诀的区别就在于你会不会使，至于具体的做法，其实并不复杂，只不过教你的人未必肯告诉你关键。这就像有人给了你一把枪，告诉你这把枪能杀人，但就是不告诉你怎么上拴。很多时候，师傅和徒弟之间就是这么一层纸的关系。捅破了这层纸，他就当不成你师傅了，不捅破的话，他就一辈子都是你师傅。

其实，这也不难理解，人家可能琢磨了一辈子才好不容易琢磨出的这点东西，怎会轻易告诉别人呢。有时候，哪怕这个徒弟的资质再好，师傅也不告诉他关键，让他傻傻地练上十年、二十年，直到快离开人世了才告诉他关键。

那么，我们学习号脉，能不能避开这种陋习，说得直接一点呢？我觉得完全可以。我把我所知道的号脉的要点告诉你，您只要认真一点学，马上就掌握了。实际上，号脉的关键就是三个字：寸、关、尺。

寸、关、尺在哪呢？寸脉在离手腕比较近的地方，跟它并排，隔一厘米挨着的是关脉，再隔着三个手指头的就是尺脉。号的时候，你得用手肚子去号，否则就会闹笑话。所以，号之前您记得要先把手指甲给剪平了。

号寸、关、尺这三个部位的脉有什么用处呢？其实，人左手和右手的脉是不一样的。在左手这一边，寸脉号的是心，关脉号的是肝，而尺脉号的是肾。比如说，你摸自己的寸脉，感觉它特别有劲，这就说明你的心脏还不错，那些心力衰竭的人可能怎么摸都摸不着。再比如说，一个人摸自己左手的尺脉，发现它没什么动静，这就意味着他的肾有点儿虚，得赶紧补一补了。

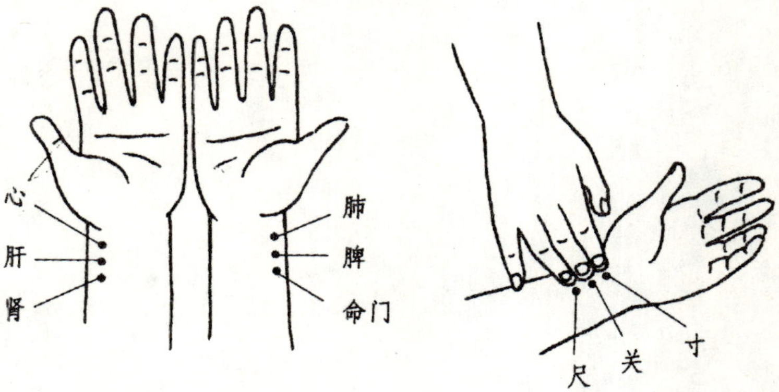

只要会品茶，您就会号脉。

不过，脉象有时候也会“骗人”。比如说，我们轻轻一摸左手尺脉的时候，感觉它特有劲，可稍微一用力，它就没了。这种脉也是有问题的，有劲只是一种假象，事实是这个人体力透支，肾阴虚了。这种人夜里特别容易燥热，睡不着觉，还老盗汗。

我们的右手也有寸、关、尺，不过，对应关系略有不同，右手的寸脉是号肺的，关脉是号脾的，尺脉则还是号肾的。但是我们应该注意，同样是肾，左肾和右肾还是有区别的。左肾主排毒，比如说湿浊太多，尿也少的时候，你摸左肾的脉，它就特别弱。这样的人经常左边腰酸。右边的肾呢，主生殖。一个人要是生殖系统有问题，或者右边的腰老酸痛，或者是阳气不足、老怕冷，那他右肾的脉一定很弱。

明白二者的区别以后，我们就会对症对补了。有的人本来右肾不好，阳气不足，虚寒怕冷，这时候再吃点儿六味地黄丸就更怕冷了。因为六味地黄丸是补肾阴去心火的，有些人夜里燥热，口容易干，还老出汗，吃六味地黄丸就比较合适。要是您右肾不好的，最好还是吃些人参鹿茸之类的，这样才能补到右肾上去。

所以，到底是应该补左肾还是补右肾，我们摸一摸两边的脉就能大致判断出来了，就这么简单。

号脉的关键是心里要有意象

说到号脉，我们还要了解一下脉象。

李时珍写过一本脉学书，叫《濒湖脉学》，里面列举了28种脉，有浮脉、沉脉、数脉、迟脉……但是，大家用手摸着脉的时候，可能只是感觉它在一下一下地跳，并没什么特别之处。有些人的脉比较弱，甚至都摸不到它在跳。

那么，我们要怎么判断脉的性质呢？

其实，中医这些东西与中国的传统文化是相通的。古人有一句话，叫"近水知鱼性，近山识鸟音"，您一旦到了这种环境当中，学会了其中一种脉，那你对其他脉象就会触类旁通，没什么新鲜的。有人说："我学号脉，是不是要先把李时珍说的这28种脉象背一下？"不用。您会品茶吗？品茶就是号脉，只要会品茶，您就会号脉。

为什么这么说呢？其实，号脉就是把喝茶时的那种感觉变成手指上的感觉。所以我们也可以说，号脉时是心在号，而不是手指头在号。心里有那个意象，脉象就在你的心里呈现出来了。如果没有那个意象，那你就是把李时珍的《濒湖脉学》全背下来了也没用。

所以，号脉的关键在意象。你看一下，中医是怎么形容脉象的。比如说滑脉，它就说滑脉是"如盘走珠"。这时候，你就可以拿一个大盘子，在里面搁上几颗珍珠，一晃悠，然后细细体会一下那种感觉。你号脉的时候要是体会到类似的感觉，那它就是滑脉。如果这时候再告诉你，孕妇的脉都是滑脉,那你不就会号孕妇的脉了吗?

不过,话虽这么说,你还是要去实践、去对比,得找一个孕妇,一个不是孕妇的女性来对比。只有这样,你才能号出差异来,否则你感觉是滑脉,结果一问,人家都做绝育手术了,那就乱套了。

比如说,一些痰多的人体内有湿重,也是表现为滑脉。要是没有实践经验的话,你就极可能把它们搞混了。老中医告诉我说,一般的中医大夫得先在妇科待上一年半载才能知道孕妇的脉是什么样的,说的就是这个道理。

再比如说浮脉。浮脉是什么?有的人肾虚,轻轻一号,感觉特别有劲,可是往下一使劲,它就不见了,这就是浮脉。同样,我们按浮脉的时候心中也可以有个意象,感觉就像春江水暖时,江面上漂着一根木头的场景。当你用手轻轻一按那根木头,感觉它很有弹性,可是稍微使点儿劲,它就沉下去了。

与浮脉相对应的是沉脉。沉脉有如水中之沙,都在底下着呢!这个你就得循经捏骨才能摸得到。如果沉脉特别有劲,这就说明这个人能量储备充足,只是还没有充分发挥出来。但是浮脉不一样,浮脉是有什么挖什么,都提前透支了。

所以说,我们养生就像要生炉子一样,火不能烧得太旺,要不然煤一会儿就没了。你得慢慢闷着,一点一点地烧。

再举一个迟脉的例子。迟就是缓慢的意思,滑脉是比较流利的那种,但是迟脉就跳得特别慢。有迟脉的人都是身体寒凉,一摸那个脉,就五六十下。跟迟脉完全相反的是数脉,跳得特别快的,甚至一分钟都超过八十下了,这就是体内有热的表现。这些都是常理,很好理解。

还有一种脉叫涩脉。什么是涩?大家回想一下吃柿子的感觉就明白了。号脉时感觉比较黏滞就是涩脉,这就说明体内有瘀血。古人又是怎么形容这个的呢?他们说涩脉"如轻刀刮竹",就像拿小刀在竹子上一刮的感觉，这就是涩脉。

古人号脉就是这么好玩，他们从不把号脉当成一种很神秘、很复杂的事情，而是把它具体化、形象化了。你要是对号脉特别感兴趣的话，完全可以像古人这样仔细研究。其实，我们的智力并不比古人高，也不比古人低。我们和他们心灵应该是彼此相通的。所以，你只要学会像古人那样把握意象，就会轻松地掌握号脉了吗？

只要会品茶，你就会号脉

说到意象，可能有些人觉得太复杂，以为这是在故弄玄虚。

其实，我之所以把号脉和品茶相提并论，就是因为它们是一个东西，都是用感官去品另一种事物的感官。两个感官合在一起，你好像也融入其中了，这就是号脉的真意。至于从书本上学，你再怎么看也是学不会号脉的。因为它是一种感觉，而不是一种文字，也不是一种语言。感觉这东西没法用语言表达，只能用感觉来描述。所以，我在谈号脉时哪怕是打比喻，也是用跟感觉有关的东西来说。

比如说我们喝茶的时候，舌头会用三种不同的方式去体会茶的感觉。茶刚入口的时候，我们会先用舌尖舔一舔，因为舌尖的感觉最敏锐，能够分辨茶的香味。然后，我们把茶含在口中，用舌头仔细体会一下。最后，我们把茶咽下去回味一下。

号脉的时候也一样，可以分成浮、中、沉三个步骤。刚开始的时候是浮，就是轻轻地搭一下，然后稍微使点儿劲，到了中这一阶段，最后是沉，按一按，捏骨寻筋。这就很像品茶的三个步骤，所以我说，会品茶就会号脉，只不过一个用舌头，一个用手指。

在具体运用浮中沉这三个步骤的时候，你也可以想象一下具体的茶叶。

比如说，第一个是浮，就像一片片绿茶漂在水面上，它的香气也是浮在上面的；然后是中，可能就是铁观音这种半发酵的茶，香味越来越浓了；最后是沉，但不是很深。这像什么呢？大红袍，全发酵的茶，浓香醇厚。

其实，这些都只是一个比拟，真正把起脉来，会有万千感觉，一切尽在不言中。当你为自己把脉的时候，不见得一定是要为自己治病，你也可以想象是在和自己的身体进行交流。听着若有若无的"嘭嘭"声，你会感觉自己正在透过五官观察心灵，体会到一种别样的自在和快活。最后，心里会萌生出一种感动。喝茶也是如此，喝什么并不重要，重要的是喝出一种心态，喝出一种感动。当你喝到心里有感动的时候，你也就真正懂得品茶了。

第五章
如何活用《黄帝内经》

《黄帝内经》就是一本“人体使用手册”

> 现在很多人看病都是这样，明明一个小病可以用苍蝇拍打死，可他非得用机枪扫，最后可能连苍蝇都没赶走，该得什么病还得什么病。

现在，很多人一谈到《黄帝内经》就表示不敢读，为什么？都是古文，太难了。

其实，这些人都没认真看。他们要是把《黄帝内经》翻两遍，就会觉得《黄帝内经》太平易近人了，说的话都是实在话，只要你把语言翻译成现代的意思就行了，没什么难的。

《黄帝内经》说的都是现代的理论和方法，要是翻译成现在的话，就是一本现代版的“人体使用手册”。里面有许多非常好的方法，我们可以随时拿过来用。而且这些方法都非常简单，一分钱都不用花。

后世注解《黄帝内经》的书太多了，可能有好几万本，让人越看越糊涂。这些书浩如烟海，你要是读的话，一辈子都读不完。事实上，也没那个必要。你可能读了好几本注解本，还不知道《黄帝内经》讲什么，倒不如直接看《黄帝内经》，要是看懂了，会发现有用的也就是那么几句话。

其实，我们养生并不需要太多的观点，只要记住对自己有用的几句话就行了，也许就是这几句话指导了你的一生。举个例子来说吧，大概是四岁的时候，我奶奶就让我读《名贤集》，头两句是“但行好事，莫问前程，与人方便，自己方便。”这两句话我小的时候也不懂,但就是反复读。长大以后,我才觉得这两句话太好了,确实是生活的准则,让我至今受益。所以,你哪怕只记住了这两句话,也能在人生中少碰见好多各种各样的挫折。

中医治病也是这样,就用最简单的。什么叫“大道至简”,就是怎么简单怎么来。但是,很多人不信这个理,觉得治病非得花大价钱才行。

我举一个例子,我有一个同事鼻子老出血,用西药止血,就像电焊一样给焊上了,结果过两天又开始流了。后来,他吃了我推荐的荷叶丸,一下午就好了。但这东西便宜,才十几块钱,而他去医院开了两千多元的药。虽然用后没止住,但人家还是觉得那种花了两千多元买来的药技术含量高,而荷叶丸才一个大药丸子,怎么可能有什么技术含量呢?

现在,有这种想法的人太多了。这就像家里有苍蝇,明明用个苍蝇拍就能把苍蝇拍死了,可是有些人偏不用。他说,苍蝇拍才多少钱?五毛钱,太便宜了,肯定不行!他就非得买挺机枪回来,往屋里“咣咣咣”地一扫,结果把苍蝇扫跑了,家里也被打了个百孔千疮。现在很多人看病都是这样,明明一个小病可以用苍蝇拍打死,可他非得用机枪扫,最后可能连苍蝇都没赶走,该得什么病还得什么病。

禁欲最耗气血——“萎症独取阳明”

为什么有的人常常会觉得活着没劲？为什么人会未老先衰？为什么很多疾病久治不愈？为什么人的先天之本还没能含苞怒放就已经枯萎了？这都是因为禁欲造成的。

《黄帝内经》上有一句话叫“萎症独取阳明”，就是说如果人的身体萎缩了，就要通过“独取阳明”来医治。“阳明”是指什么呢？胃经。但我认为这句话有问题，为什么呢？你试着想想，独取是怎么个取法？是补还是泻？

“独取阳明”，过去很多医家和医书对它的解释不是补阳明就是泻阳明。结果是众说纷纭，没有一个说通了的。后来我发现，“独取阳明”实际上既不补也不泻，而仅仅只是把胃经打通了。

为什么人会发生萎症？它是在什么情况下发生的？阳明经是多气多血之经，它不通了，人体所需要的气血就供应不上，于是身体的很多地方开始萎缩，就这么简单。如果你把那些地方的血供应足了，枯萎的地方就会重新焕发生机。

“萎”可以体现在很多地方。比如说肾功能衰竭就叫肾萎缩，它是因为血液到不了肾了，就像一台电风扇没有电，转不动了。这就是“萎症要独取阳明”的真正意义，说白了就是治疗萎症必须要以打通阳明胃经来补充人体气血的方式来进行。另外，萎症还包括男女身上发生的心理或器质性功能减退等，像什么阳痿、阴冷等等，全都包括在里面。

人的欲望是一种能量，是无法压抑的，我们只能让这种能量找一个正常的途径抒发出来。要知道，禁欲只能是对身体的一种摧残。另一方面，禁欲就是把气血由外耗变成了内耗，这比外耗造成的后果更严重，对身体的伤害也更大。

比如说，有人纵欲了，但他的欲望是往外走的。可禁欲是什么呢？是想往外奔腾的欲望和自己压抑的心之间打了起来，两边都损耗。当欲望耗完以后就没有顺势而下的疏泄功能了，久而久之，人的欲望就会变态，心就会变得扭曲，人性就会变得阴暗，身体就会越来越不好。

为什么有的人常常会觉得活着没劲？为什么人会未老先衰？为什么很多疾病久治不愈？为什么人的先天之本还没能含苞怒放就已经枯萎了？这都是因为禁欲造成的。

疾病也是会变卦的——无问其病，以平为期

什么叫"否极泰来"？就是说否和极本身就相当于一根绳上的两头，无所谓来和去。所以祸福总是相依的，福一近，就是祸了，祸一近，便是福了。你把这个东西夸大为祸，那这个东西也许就是福；你把这个东西夸大成福，那它可能就是祸。祸和福就是一对亲兄弟，这也就像疾病和健康的关系一样。

在《黄帝内经》里，有句话叫"无问其病，以平为期"，这句话什么意思呢？就是说，医生给你诊断病情的时候，不会问你是什么病。你自己也不要去管你得了什么病，不管是脑瘀血还是偏瘫统统不要问。总之"以平为期"就行了。

什么叫"以平为期"？比如说我偏瘫了，就要考虑到我为什么会偏瘫，什么情况下我才会瘫。新鲜气血过不来，就瘫了。那另一边为什么没瘫？因为这边有新鲜气血。所以，偏瘫实际上是一边新鲜气血过不去了，而另一边新鲜气血还能过去。

为什么会这样呢？这中间肯定有断档的地方。只要找出来这断档的地方，好血才有可能过得去。如果你不找到断档的地方，而是光在没有新鲜血液的地方弄开一个口子，这就像要在沙漠里面打出一口泉井一样，永远劳而无功。所以这断档的地方一定要找出来。

在沙漠里,你就不要去想如何在沙漠里开出一条水渠来。沙漠里本来就没水,你去开水渠,那是白忙活。这时你需要做的是在沙漠和河流之间疏通一条通道,然后把阻碍通道的大石头弄走,这样河水就能过来了。或者,你也可以在沙漠里挖一个坑,水就会来得快一点。你只能这样去做。

很多中风偏瘫后去做康复训练的人,为什么效果不大呢?因为他偏瘫的部位没有新鲜气血的滋养,就像在沙漠里打井一样。你干拉、干磨,越磨人越疲劳。如果那里有血供应,就是不拉扯,那些偏瘫的部位也能伸直了。

如果把《黄帝内经》比作是一座酒楼,那当你想去这个酒楼用餐时,必须得怀有一个明确的目的才行。这个目的并不是去看看这个酒楼的摆设,而是要吃里面那些美味可口的佳肴。而现实生活中,一般人看《黄帝内经》就是逛酒楼去了,逛一圈觉得这个楼不错,这个菜做得挺好,挺漂亮,但就是不吃,然后出来了。还有很多人连逛都不敢逛,觉得酒楼那么高档,我兜里没带那么多钱,还是不进去了。

《黄帝内经》里面的可口佳肴是什么?就是像"无问其病,以平为期"这样的美妙句子。《黄帝内经》里面像这样一言而蔽之的话到底有多少呢?大概有五六十句。

读《黄帝内经》,有的东西需要你现在就学会,有些东西你不用马上就懂,因为好东西都在那搁着,你随时学随时都能掌握它。如果现在用不上的东西你非得马上学会它,那也许一辈子都用不上。用的时候我再学,不用我就不学,这样效果最好。

这就让我想到了《易经》里面的一句话,叫"否(pi)极泰来"。就是说否和极本身就相当于一根绳上的两头,无所谓来和去。所以祸福总是相依的,福一近就是祸了,祸一近便是福了。你只要把这个东西夸大为祸,那这个东西也许就是福;你把这个东西夸大成福,那它可能就是祸。祸和福就是一对亲兄弟,这也就像疾病和健康的关系一样。

生活实际上用一个乾卦、一个坤卦就完全可以概括了。乾卦告诉你“天行健，君子当自强不息”，就是说你每天要比昨天好一点，要比原来进步一点。而坤卦告诉你“地行坤，君子以厚德载物”，就是说如果你不能厚德载物，那么你想进步也进步不了。

所以，我们必须为自己的心打好基础，这样才能让身体健康发展。种子要开花就必须种在土壤里，但是如果没有种子，有这个土壤也没用。所以一个乾、一个坤，一个阳、一个阴。这两个是必不可少的。

《黄帝内经》里讲“治病务求其本”，就是说，治病不要光去考虑身上有哪些症状，一切事物你都要去溯本求源。

任何治病的方法里面都应充满智慧的灵性，否则就是死的知识，不会被我们真正吸收。这也正如《黄帝内经》所说：“不知其要，流散无穷。”

为什么说人活到120岁不成问题

120岁,为什么你活不了?因为你没有方法,有病痛你得忍着,你只能做到这一点。而现在我们不仅不让它积累成病痛,我们还把几十年来身体里面存积的病痛,一点点地挖出来扔掉,这样的话,你的身体会越来越棒。

人生很短暂,有好多事情要做,但是有些事情好多人做了很久,也没有达到预期的效果。那何必要做它呢?在很多事情面前,我们要找准最后的着力点,并想清楚活着到底是为了什么。

我觉得,我们其实应该把生命,包括身体和精神,发挥到极致。比如说,我有一个计划,我要争取50岁时比现在感觉还要年轻一点,最起码要没什么变化,就是有点青春常在的意思,甚至还可以更强壮,比现在还好。其实,这个计划通过一些方法是完全可以实现的。

人整个的一生只发挥了人体所储备的能量的5%,还有95%是被埋没和压抑的。所以,如果能找到一个好的契机,我们就应该好好发挥一下这些能量。现在的环境也挺好的,条件也具备,那我们何不匀出一点时间、一点精力去锻炼锻炼呢?

你活到80岁,有几十亿的资产,又能如何?假如你得了脑血栓,半身不遂了呢?即使没有这样,你也没悟出什么人生道理,你的人生只是在不断地重复生活。你的资产扩大了,只不过是说明你的事业扩大了,这些等你死后，又带不走，跟你有什么实质的关系呢？

人应该把所有的能量都储存起来，比如把精力、时间、心血、钱财通通都变成我自己的，储存起来，然后这些能量就会无限地扩展。比如说，现在我的力量能举起80斤来，我以后要达到千斤，当然这只是打个比喻而已。这样就是把我身体的能量发挥到一个最大的限度，一个极致。

比如瑜伽老人沈维德，他在60岁的时候，有人就说他活不了多长时间了。可是他通过练瑜伽，到了80岁，50斤的大米他一个人也能扛回家。他感觉自己进入了一种返老还童的状态。他60岁才开始锻炼，而且只是练了一个小小的瑜伽。我们有那么多好的方法，有那么多的时间、精力，我们获得的能量完全有可能比他们得到的要多得多。所以，人活到天年根本就不存在问题。

天年是多少岁？120岁。为什么你活不了？因为你没有方法，有病痛你得忍着，你只能做到这一点。而现在我们不仅不让它积累成病痛，我们还把几十年来身体里面存积的病痛，一点点地挖出来扔掉，这样的话，你的身体会越来越棒。

伤什么都不能伤心

如果你什么事情都想关注，喜、怒、忧、思、悲、恐、惊全都用上了，心就定不下来。它完全会随着外物的变化而改变。外物出现一种什么样的情况，心也会随着这个情形走。这其实是对身体的一种透支。时间一长，气血不足了，就等于是身体这个国家的储备不足了。

很多人觉得以前身体还不错的时候毛病不多，偶尔会有心跳每分钟有90多下的小症状。后来经过按摩心包经恢复了正常，但脾胃却差了。

这是什么原因呢？中医认为这是心脏进行自我保护后其功能增强的表现。心为君主之官。它既然是君主，那人体的血液就应该先供应给君主用，先用来保护君王，其他的就顾不上了，所以脾胃就差了。

《黄帝内经》中，黄帝问岐伯说“愿闻十二藏之相使，贵贱何如”。就是说哪个脏腑是贵的，哪个脏腑是贱的。岐伯回答说“悉乎哉问也”，意思是说您问得太全面了。黄帝为什么会问脏腑“贵贱如何”呢？因为脏腑之间，确实有最主要和稍微次要之分，或者说，其中一个是能带动所有器官运行的原动力，剩下都是协助它的，这跟一个国家的运营是一样的道理。

人的心脏是君主之官，它是不能受到打击，或者是过度劳累的。所以，人体首先应该保护君主之官，也就是心脏。如果心里乱了，再加上人体本身气血也不足，处于一种虚弱的状态，那心脏就没有威严，就定不住了，就起不到统帅五脏的作用了。

而如果通过调养让心血供应充足了，虽然有些脏腑很虚弱，但是心脏定了，它知道啥时该用多少血，啥时不该用这么多血，然后它就能牢牢掌握、好好管理身体这个国家了，它就能让其他脏腑各司其职，各尽其能。这样，即使运粮官——脾胃多劳累一点，心这个皇帝也可以少操一点心，少用点儿气血。最后，即使身体由于脾胃的原因显得比较虚弱，但也不能对身体形成大碍。因为心定才是身体安定的最大保证。

心脏稳定了，然后才会从里面再生出一种力量来，这样更利于人体的调节。如果心没有稳定下来，这些脏腑就在各行其是，无主无次，这时候，身体就会陷入一种混乱的状态，你无法把控。

什么时候你才能把控住身体呢？当心里的气血足了，也就是心能定下来的时候，你才能真正的把控住。

有的人精力特别旺盛，什么事情都想关注，都去关注。这其实是对身体的一种透支。时间一长，气血不足了，就等于是身体这个国家的储备不足了。

这样会有一个什么问题呢？因为身体的每个脏腑各代表一种情志，分别是喜、怒、忧、思、悲、恐、惊。而且，每个脏腑所关注的事情也不一样。有的更多地关注这件事情，有的更多地忧虑那件事情，有的喜欢高兴，有的喜欢悲愁，它们是分散的。所以，如果你什么事情都想关注，喜、怒、忧、思、悲、恐、惊全都用上了，心就定不下来。它完全会随着外物的变化而改变。外物出现一种什么样的情况，心也会随着这个情形走。

而现在呢？经过调养，心回来了。气血足了，心就定下来了，它会关注它所需要的，与它同气相求的，对它有帮助的东西。而且，它还知道如何把气血分布到各个虚弱的脏腑去。这个时候等于人的身体处在一种回归的状态，原来是游离的状态，现在开始回归了。一旦回归起来，最开始是先回归到心这块来，也就是说心会先安定下来。

从医入道，参透天机

> 任何东西你一旦看透了，这些东西就没有什么值得害怕的了。就算是身体上的毛病，哪怕是癌症你也不用担心，你根本得不了，因为在癌还没形成气候时，你的身体就会把它消灭。所以，我觉得所有的事情都应该防范于未然。

为什么说“天机不可泄露”，这都是从八卦的角度来说的，就是说人可以分析到一些信息，但是不能把它说出来。其实，算卦都是自己给自己算，不是给别人算。三国时期的易学大家管络就说：“夫善《易》者，不言《易》也。”

比如说《春江花月夜》，你要我说出来是什么，我是没法说的，只能把这个曲子给你弹出来，但这个意境是说不出来的。再比如说，什么是秋色，你只能在秋天刮风的时候看看黄叶才能感觉得到，说是说不出来的。你要是从来没看见过，就没法说。所以有些东西是需要感知的，八卦和易经也是需要感知的，是不需要说出来的。

人的悟道，是在经历和感知很多事情以后才能成功的，这个也跟人的天赋有关。人天生有这种能力，他才能感知到那么多事物。有好多人问我，说你的书里，什么病都说到了，你从哪积累来那么多的临床经验。我说我不需要积累经验。积累经验等于是一加一等于二、二加二等于四、三加三等于六这样简单的算术，积累一辈子都积累不出多少东西来。我说我是 A + B = C，我知道 A + B = C 了，剩下的我就什么都知道了，一加一肯定等于二，二加二也逃脱不了四，不需要再积累经验了。很多人都是先通过这些小的方法来推演大的规律、原理，这不好推。而如果你知道这个大的原理了，就可以推出很多东西来。所以，一定要先知道原理。

古人说“从医入道”，实际上是他们把人参透了，可能宇宙的规律也参悟得差不多了。我说月亮就一个，投射在一千处江水里，就有千江月了，这就是“千江有水千江月”。其实月亮就一个，其他的都是假月，都是影像而已。

你说钱塘江的月亮你看过，但是真正的月亮在哪呢？你看到的只是月亮的影像而已，你以为月亮在江里，却不知道真正的月亮是在天上呢！所以我觉得，所有的东西一定要知道原理。这就好比找水源，你不能从支流去找，而要从源头上去寻，越从支流去找，水源越找不着。你从下游能找到水源吗？不可能，因为方向就不对。

比如现在都说饮食要正常，如果饮食失常，那你就容易得胃病。其实，人体自身有一种自我保护的机能。除此之外，我们还有很多人为的方法随时就能把它给调节过来。如果哪个人的身体出了什么毛病，某条经络肯定有点儿堵了，然后我就会告诉他是因为吃了什么不对的东西，或者是喝了什么不该喝的东西。听我这么一说，他就知道症结在哪里了，然后我帮他推拿几下，问题就解决了。

其实任何东西你一旦看透了，这些东西就没有什么值得害怕的了。就算是身体上的毛病，哪怕是癌症你也不用担心，你根本得不了，因为在癌还没形成气候时，你的身体就会把它消灭。所以，我觉得所有的事情都应该防范于未然。

第六章
健康论语

无病是福

人一有病就会六神无主，开始胡思乱想，所以，防病、治病是人生的头等大事。病重了，人就得把自己交给大夫，就不能自己把控生命了；病重了，就需要别人照顾，人的尊严也会大打折扣。俗话说，“久病床前无孝子”，这话似乎显得人情冷漠，却也一语道出了世间的常态。所以，有病赶快治，没病早点防。

如果生活中有些问题是你必须马上解决而又是可以解决的，那你就应该全力以赴地去完成它。但是，什么问题又是非完成不可的呢？这有没有一个确定的答案呢？有，那就是自己的病痛、自己的怯懦、自己的卑微，这些事情会让你丧失作为一个健全人的尊严。

不祛除病痛，就没有精神做事；不战胜怯懦，就没有勇气做人；不甩掉卑微，就没有力量成为一个强者。人生在世，如果只能苟且偷生或者泯然众人，那就等于白活了。作为一个人，你就必须顶天立地，笑傲江湖。当然，如果我们没有机会，没有方法，也没有能力去巍然屹立，那也就罢了。但如果我们有此雄心，又有机会，还有些可行的方法，却只是因为一些闲杂琐事而蹉跎岁月，荒废此生，那真是会遗恨千古的。

我们如何才能强大，才能“雄起”呢？我们需要储备精力，需要激发潜能，需要撷取精华，而不是去耗费、挥霍，拿时间换金钱，用生命换虚名。

生活中有太多无谓的损耗，稍不留神就会让我们宝贵的气血像沙漏中的沙子一样慢慢流走。酒桌上的闲扯神聊，漫无目的地浏览网页，逐个频道地搜索电视节目……还有，为掌控弱小而殚精竭虑，为取悦强者而委曲求全，为追求完美而吹毛求疵，这些都靡费心智，耗人气血。它们宛如迷药，伤人无刃，销骨无形，让你在不知不觉中走向深渊，发觉自己半梦半醒时却已积重难返。

我们最着急的是自己的病痛。人一有病就会六神无主，开始胡思乱想，所以，防病、治病是人生的头等大事。病重了，人就得把自己交给大夫，就不能自己把控生命了；病重了，就需要别人照顾，人的尊严也会大打折扣。俗话说，"久病床前无孝子"，这话似乎显得人情冷漠，却也一语道出了世间的常态。所以，有病赶快治，没病早点防。

在这个世界上，如果不是堂堂正正地生活，而是窝窝囊囊地凑合，那人生还有什么意思？想要活得像个人，就绝不能怯懦。怯懦源于不自信，源于没有安全感，源于不知道谁是生活的主人。但怯懦有一个克星，那就是自立，就是求人不如求己。每个人都可以活得随心所欲，每个人都可以活得神采飞扬，每个人都可以快乐似神仙，只要您看清了生命的高贵，只要您不甘卑微。

有人说：'《道德经》言'上善若水'，不是说让人与世无争，自甘卑微吗?"其实，老子可不消极，他还说过一句话，叫"知雄守雌。"您得先知雄，再去守雌。佛家向来讲空，可是佛祖降生的时候也说了一句名言："天上地下，唯我独尊。"这里的"我"指的就是芸芸众生，指的就是我们每一个人。所以，即使一贫如洗，无依无靠，您照样可以堂堂正正做人。

生活的道路有很多，每个人都走自己的，不用左顾右盼，不用模仿别人。每个人心中真能靠得住的，只有老天。我们所要做的就是防病、治病，战胜怯懦和卑微，拥有一个健全人的尊严。

碌碌无为就要生病，无为而治才能健康

> 如果人们顺应自然，不去勾心斗角，也没有高低之分、贵贱之别的话，人们就能活得非常自在，就不会生病。

好多人问："人活着，应该碌碌无为，还是无为而治呢？它们的差别在哪里？"其实，这是两种完全不同的境界。

具体说来，碌碌无为就是主观地认为做一件事必须投入辛劳和汗水才能有收获，但猛干一番后的结果不尽如人意。无为而治，则是做事时看起来好像没费什么力气，却得到了想要的结果。这就像一个人正好待在顺水的船上，他没有划船，那条船就自己走了。这是因为他所处的位置好，正好顺水。

所以，找到好的位置要比用蛮力去干强得多。朱熹写过一首诗："昨夜江边春水生，艨艟巨舰一毛轻，向来枉费推移力，此日中流自在行。"如果没有"春水生"的天时，直接去推这艘艨艟巨舰，费再大的力气也可能推不动，而当春水涨起来以后，这条大舰顺着水就轻易地飘走了。这就是因为巨舰处在好的位置，顺应了天时，顺着波就流走了。因此，做事不在于你使多少劲，而在于你在哪使劲。如果你处于正确的位置，找准了天时、地利的着力点，你就可以不费力气地把事情做好。

做事的关键在于找准天时、地利的着力点，只要找好了着力点，做所有的事情都会轻松。俗话说"费力不讨好"，这句话一点都不假，凡是费力的事

肯定不讨好。当然，你要是顺风，本身又是勤奋的人，那自然是跑得更快。反过来，如果你逆风，就算你再勤奋也跑不快。因此，做事的关键不在于你多勤奋，有多大劲，而在于你能不能顺应天时和地利。

荀子说得好："登高而招，臂非加长也，而见者远；顺风而呼，声非加疾也，而闻者彰。"意思是站在高山上招手，人在很远的地方都能看见；顺着风轻轻一喊，人在很远的地方都能听见。这两句话就是说，顺应天时、地利，做事情就能事半功倍。荀子还说过："君子生非异也，善假于物也。"君子没什么与众不同的，他只是善于借助一些自然的东西。比如，有风的时候，你顺风而行就好了。因此，人要善于借助自然外界的力量。

找到自然的力量并借助它，就需要你找好正确的位置。怎么才能找到这个位置呢？只有真心能找到，因为真心才是大智慧。

那个正确的位置存在于宇宙之中，宇宙里都是真的东西，并且只有真东西才能长久生存，只有真心才是跟宇宙同呼吸的。所以，要用真心去寻找那个正确的位置。

那么，真心是什么呢？有人说，对人很好是不是真心？对人好不叫真心，而叫真情，和真心是两码事。真情是七情六欲里的东西。庄子曾说："相濡以沫，不如相忘于江湖。"意思是说，在小河沟里拿吐沫滋润和慰藉对方，相互支撑，看似很好，其实最后都活不了，还不如彼此不认识，在江湖里自由自在地生活。在这里，相濡以沫就是一种真情，但不如相忘于江湖，因为相忘于江湖才是一种自然的状态。所谓"鸡犬相闻，老死不相往来"，也是一种自然的状态。

其实，真心就是大智慧，真心就是自然，就是道。真心不是人间那种相濡以沫的小情，而是一种本性、自然的东西，不垢不净，不增不减。但是有一点，真情是真心的外延，只有真情离真心最近。如果连真情都没有，那就是虚情假意，就更加找不到真心了。

什么叫无为而治？就是说要遵守自然的规律，而不是自己主观地蛮干与妄为。比如，秋风一来就把落叶全扫光，而你连着扫一个月可能都扫不干净。大自然的规律不会在乎这么点儿人力，也不会疼惜你付出多大的代价。所谓道“以万物为刍狗”，就是说大自然无所谓仁慈和仁爱，对待万物就像对待草狗一样。但是，大自然这种无情其实正是一种大隋，这就是自然的规律。

人们如果顺应自然，不去勾心斗角，也没有高低之分、贵贱之别，就能活得非常自在，就不会生病。

想得越多，身体越容易吃亏——10岁的时候就应该懂得养生

> 人身心是合一的，所以要做自己高兴或想做的事情。举个例子，如果我想去东边，脚却往西边走，那自己就打起来了，这样无形中就把血液都耗在了这种自相矛盾上。

单从字面意思来看，养生就是养护生命。生命是身心的合体，不光是我们所看到的肉体，还包括心灵，或者说是精神，是二者的合一。养生就是养护身体和精神的东西。身体健康了，精神快乐了，这就是养生。但是这两种状态不可能单独地存在，不可能身体不健康而精神很快乐，即使有，也绝对是一种虚假的快乐。

心里感觉压抑。身体就绝不可能舒服

其实，一种心境对应一种身体状态，也就是一种思想对应一种疾病。当思想感到愉快的时候，身体就有一种舒畅的感觉；心里感觉压抑的时候，身体也不可能舒畅。身体和心灵是同步的，养生讲究的就是身心合一。

如果你精神真的很快乐，你的身体就是健康的。但是，有时候人的快乐是自己制造出来给别人看的，比如得病的朋友用毅力营造一种快乐，以笑容挑战疾病或面对死亡。这是用一种人为的力量来压制身体的痛苦，烘托精

神。其实，身体还是受到损害，心里还是很痛苦。

身心必须是合一的，就像是一只手的两面，一边紧张了，另一边就不可能放松。同样，心里非常紧张而肌肉完全放松也是不可能的，它俩是同步的。所以，养生既要让身体健康，也要让心灵快乐。

养生是不分年龄的，当然，如果在10岁的时候就懂得了养生，自然是最好的。那怎么养生呢？

人的精神和身体是合一的，所以性格和生活态度决定人的身体状况，而且决定人的命运。比如说，像张飞那样性格暴躁、行事鲁莽的人，身体会对应张飞的体质，也容易得张飞那种暴躁人的病，而不会得林黛玉这类人的病。

所以，要想强壮，光锻炼身体或肌肉是不够的，只有把精神和身体同步起来，有意识地去锻炼，才会取得好的效果。如果没有主动的意愿，再锻炼也只能于事无补，反而还会变成对身体的一种损耗。

比如，有的家长看到孩子身体弱，就要求他早晨起来跑步，结果孩子跑完步变得更困，感觉更不舒服，身体也变得更弱。这就是身心不调的锻炼，对身体没有好处。哪怕锻炼后肌肉量增加了一点，那也是暂时的，对身体还是会有损耗。

因为孩子虽然腿在跑，其实心里不想跑。这时，大脑就会抑制对腿部的血液供应，这样就很容易导致腿部肌肉疲劳甚至损伤。为什么很多人跳舞跳好几个小时却越跳越精神，而出去跑步跑两下就跑不动了呢？道理就是如此，前者是全身心地投入，身体源源不断地供应能量，而后者是心里不愿意，身体就会自觉不自觉地减少甚至停止供应能量。因此，从根本上来讲，养生就是身和心要一起养。

想得越多，身体越容易吃亏

要想养生，要好养好生，就要做自己高兴或想做的事情。如果我想去东边，脚却往西边走，那我自己就打起来了，这样就无形中把血液都耗在了这种自相矛盾上。

对这种情况，中医理论也有类似的解释。比如说，中医讲“肝主谋虑，胆主决断”，谋虑事情耗的是肝的血液，谋虑了半天最后却不敢决断，或者被领导给压了回来，胆的决断功能就会受到压抑，这样就会导致自己的肝胆相互抵触。

心理问题会影响生理功能，所以，胆受到了压抑会影响到肝的解毒功能和疏泄功能。一次两次没关系，时间长了，人就会形成肝部血管瘤、胆囊炎、胆结石等。这些都是肝部长期瘀阻，胆部分泌功能降低导致的结果。

另外，当心里有某种强烈的愿望，也就是满腔热情时，身体会耗费大量的气血。此时要是再被泼一盆冷水的话，耗费的血气会更多。如果一个人想完以后不敢决断，回头再去想，天天如此，最后形成这种定向的思维模式，那他早晚会抑郁成疾。这也是所谓的性格决定命运的一种表现形式。

天花乱坠的生活

人在世间生活真是不容易，除了要生病，每天还有一堆烦恼要打扰你，还要看着别人的眼色，还要为了生计四处奔波。要与生活彻底地融入在一起，这样才能真正地感知生活而不是逃避生活。

我们现在是在逃避生活。我们害怕面对。我们通常不是在世间生活，只是在一个小笼子里生活。公司就像一个安全的小笼子，让我们觉得有所归属。家庭就像一个棉睡袋,把我们保护起来。但我们仍然会感觉自己在萎缩,没有真正地生活在人世间,没有活出自己。自己不能面对事情、处理事情,只是得过且过。最后,我们终究只是一个没落的自己。其实,人应该重生,从此时此刻开始就要重生。

重生就是要为自己而活,为快乐而活,为烦恼而活,为成功而活,为失败而活,为勇气而活,为懦弱而活。只要是自己的,就全盘接受。好的、不好的;明亮的、阴暗的;高尚的、低俗的;统统收入囊中,毫无怨言。因为那就是真实的自己。你不接受,就永远无法看清,你不接受,就永远无法改变。你不接受,就永远不知道真实为何物,而生活的意义就是要找到真我。

重生的起点就是要找到自己的第一感觉,或者就叫它直觉吧。现实生活中,直觉已经没有了生存的空间,偶尔不期然相遇,我们也会狐疑不信,把直觉反复分析,最终变成理性的思考,变成循规蹈矩的套子。

我们的感觉全是大众的感觉,我们的品味全是别人的品味,我们的审美全是权威的审美。那我们是谁?到这个世界干什么来了?最后,我们终于不知道自己喜欢什么,讨厌什么,因为已经有各行各业的专家替我们选择好了最适合我们的人生选择。

《红楼梦》里有句名言:为谁辛苦为谁忙,到头来皆是为他人做嫁衣裳。

每人有每人的生活,不是唱歌就快乐,不是哭泣就痛苦。有时忧伤是最美的体验,有时凄凉是最感人的乐章。所以,生活不需要逃避,生活更不需要代替。本来没有好坏,只是体验不同。我们为什么要抢夺别人手中的风筝,只因为他放得不够高?为什么我们放弃自己的感受,让别人去放我们花钱买的鞭炮,自己却在旁边陪着激动?生命只有一次,别替代别人,也别让人替代。

想学滑冰,先学摔跤,想要演讲,先练怯场。生活就是玩,生活就是演舞台剧,有时演悲剧,有时演喜剧,有时演闹剧,悲欢离合,缠绵悱恻。但演完了，总要下场，就像做梦总要醒来，因为真我在台下，他无情无义，所以也无伤无损。

生活就是趣味横生，生活就是七情六欲，生活就是随心所愿，生活就是由凡入圣，再由圣转凡。总之，生活就是体验，就是感觉，就是触摸，就是融入。活着，就不枉此生。

越等着别人帮你，你就越虚弱

生活的道路可以自由选择，但是一定要清楚性命是生存之本，身心是快乐之源。而外界的一切光怪陆离，燕语莺声，不过是山间的浮云，潭中的倒影。可以欣赏玩味，驻足流连，但是别忘了回家的大路。

学会接纳自己的缺点和错误，接纳一个并不完美的自己，即使自己一文不名，也自有堂堂正正做人处。这是一个人新生的开始。想让自己更完美、更强壮、更有力量，就先完完全全地接纳自己吧。自己都不接纳自己，而指望父母、亲戚、朋友或恋人来接纳自己，寻求安全的避风港或知心小屋，只能让你心灰意冷地感叹世态的炎凉和人情的冷漠。

其实，人情自古如此，不冷不热，有冷有热，时冷时热，就看你自己怎么去体会，怎么去把握，怎么去调节其间的温度了。助强不助弱，是世间的常理；救急不救穷，是人情的规则。知道了个中意味，也就不会去感慨人情似纸张一样薄了。

人只有靠自己，才能摆脱束缚，才能体会尊严，才能真正地了解人生。很多人怕自己势单力薄，总想结识权贵，广交朋友，梦想有贵人相助。很多人指望有亲朋帮忙，想的是“闲时铺路急时用”，可往往应了那种俗话：“有酒有肉皆兄弟，急难何曾见一人？”唐代诗人张九龄，身居宰相高位，也曾有这样的感叹：“可以荐嘉客，奈何阻重深。”宰相尚且如此，何况他人？这就是命运。

你越等着别人帮你，你就越虚弱。帮你的人越高大，你就越矮小，越难以长成。其实，只要你是个健全的人，你就天生强大，根本不用羡慕别人的富足。

但是，人往往喜欢顾影自怜，觉得自己很倒霉，没有出众的容貌，没有显赫的家庭，没有强壮的身体，没有过人的智慧，简直就是一无是处，似乎这一生若没有六合彩从天而降，没有灰姑娘的浪漫传奇，没有亿万富豪的鼎力相助，就只能愁苦磋砣、黯淡消沉了。

孔子有个学生叫颜回，家里穷得只有一个竹编的饭篓，一只喝水用的木瓢。周围的人都愁苦不堪，颜回却心中坦然，自得其乐。正所谓"君子安贫，达人知命"。颜回的勤勉好学，自古便为人所称道，但讲到安身立命，修身养性，颜回却不是我们效仿的榜样。

人活于世，不管是想出人头地，叱咤风云，还是只想平平安安，老婆孩子热炕头，身体健康都是最起码的基础。否则，知识再多，学问再大，能力再强，都是无本之末。学道如果不能强身，此道便为无用之道；养生如果不知养心，养的不过是外表皮毛。

生活的道路可以自由选择，但是我们一定要清楚性命是生存之本，身心是快乐之源。外界的一切光怪陆离、燕语莺声，不过是山间的浮云，潭中的倒影。您可以欣赏玩味，流连驻足，但是千万别忘了回家的路。

想吃美食，就要有胃口，想爬高山，就要有脚力，有兴致才能享受旅游，有激情才能懂得爱恋。"秋至满山皆秀色，春来无处不花香"，有了土壤，种子自然发芽，有了阳光，万物自然生长。我们的身体就是土壤，我们的心灵就是阳光。

但我们的土壤为何总是贫瘠，我们的阳光为何总被遮避？"天地以万物为刍狗"，老天爷一视同仁，把万物都当成刍狗，没有偏爱。所以，我们只能自己爱自己，让贫瘠肥沃，让遮避散开。

耕耘你的土壤，你就会有收获；享受你的阳光，你就会有快乐。别总是把眼光放在别人的田地，不要总以为别人的阳光更温暖，也别总去给别人当帮工，让自己的土地荒芜。

其实，一切都只是一念之差。欣赏自己，你就会微笑，镜子里的你就会瞬间变得漂亮。学会欣赏自己，就是自信的开始。

你是什么样的人，就会招来什么样的东西

佛教所谓的贪嗔痴，道教里一些对人的看法，都是人心里产生的东西。它们会给人体带来哪些疾病呢？我们现在老强调七情致病，但很多人并不了解七情致病的真实含义，只是说情绪失常会影响人的气血运行，容易造成气血不通，以为把七情调整好了就能治病。

其实，人的七情所影响的面很广，人的内心完全可以影响外界的环境，甚至能影响你的感情和人际关系，可谓"牵一发而动全身"。

所谓"同气相求"，就是说你是什么样的人，就会招来什么样的东西。世上万物都是这样。你要是倒霉，就容易招来倒霉、负面的东西；你身体里有邪气，就会招来一些阴暗的东西。就跟坏鸡蛋必然招来苍蝇一样，你如果总是散发这种不好的信息出去，必然会有不好的东西应招而来。所以，我们想要得到什么，就得先让自己有什么。

世界上有很多同气相求的东西，它们之间不是非得发出什么气味，而是有一种相吸的磁场存在。比如说，我想读一本书，到书店去一看，就只剩这一本书了，可能这本书已经放了很久，一直都没有人感兴趣，但是我看到了，就是要读它，就想马上买下来，因为它吸引我。可以说，所有的东西都讲究同气相求、互相吸引。就像我与一本吸引我的好书关系一样。

不损耗，就是养生的基础

"适者生存"，就是先看看自己在这个世界上适合干些什么。你的爱好、兴趣和性格会帮你选择，按照自然帮你选择的去生活，你就会无所畏惧。顺风而行，就没人能阻挡你，因为他阻挡的不是你而是老天；顺时而动，就没人能替代你，因为他替代的不是你而是自然。

日常生活中，我们会不知不觉地耗费大量的气血，所以，《黄帝内经》上说只有"精神内守"，才能做到"病安从来"。这"精神内守"并不是随便一说，而是需要时时刻刻加以警醒的。有一句话是这么说的："风声雨声读书声，声声入耳；家事国事天下事，事事关心。"我们如果真的这样去做，那每天得耗掉多少宝贵的气血！

一个人如果活着就是为了活着，那就最好去找乐，但是如果知道每天有重要的事情要做，就一定要舍掉多余的事情。什么是多余的事情呢？凡是与自己成长无关的事情，比如各种信息、各种猜忌、各种测试、各种新闻、各种八卦、各种事件、各种热闹……

其实，我们只要记住孔子的告诫就足够了："非礼勿听，非礼勿言，非礼勿视"。

"非礼勿听"，闲杂的声音只会让人心思迷乱。除了分贝高的噪音，害人更厉害的就是恶毒的话语。但是只要我们学会不听，它就伤害不了我们。

“非礼勿言”,不好的话、没用的话、大话、谎言、讨好的话、假话、闲话,这些不但对别人没有好处,还会给自己招来无谓的祸端。

“非礼勿视”,可以保养我们的眼睛。电视、电脑、报纸、杂志以及一切热闹场所,都可能是大伤气血的毒箭,我们要学会甄别。

所以,懂得了孔子的处世真言,也就学会了保养气血的法宝。其实,这也是禅宗的“六尘不染”所要告诉我们的。何谓“六尘”?就是色、声、香、味、触、法。人只要保证五官和一颗凡心不被污染,也就学会了养生。

也许有人会问:“隔绝这些与己无关的东西,我们会有所损失吗?我们会不会因此失去许多重要的信息呢?”

不会的。因为,重要的信息都是内心吸引我们去寻找的,可以因愿望而自然获得。另外,我们不是闲着没事儿干,非得找些消磨时光的途径,我们有很多正事要做。你的身体强壮了吗?你的疾病消除了吗?你的恐惧还作怪吗?你的忧虑还纠缠吗?你的生活实现自由了吗?如果这其中还有哪一项未能如愿,那你就没有多余的时间去关心其他问题。

别的问题只跟别人有关,或者说,只与消耗你的气血有关。可它与你有什么关系,惹得你如此不满,甚至表现得像个愤青?你的时间就这样糊里糊涂地溜走了,你的生命就这样不知不觉地缩短了。更糟糕的是,这种耗费不是偶然的、暂时的,而是每天如此、每时如此,甚至每刻如此,而你还习以为常,惯性到老。

想养生,得先有时间、精力和气血。您攒这些是定时的,只能靠吃饭、睡觉,但您耗它却是时时刻刻的。你攒它是一点一滴,你耗它却是挥金如土;你攒它是逆水行舟,你耗它却是急流而下。所以与己无关的事情,你就抛弃它,远离它,别与它纠缠,也别评论它的好坏,一切随它去吧!

我们节省精力,不是去当什么苦行僧,更不是想做什么禁欲狂。我们只是舍小利而获大利,舍小乐而取大乐,舍短暂而得长久,舍聪明而得智慧,捐小流而成大浪，集微风而成狂飙。人无大志，枉过一生。鹏飞万里，其志岂群鸟能识哉？

一个人不知大路就会经常走入岔口，不辨方向就必然坠入迷途。生活不是随随便便就能幸福，也不是糊里糊涂就能快乐的。你对生活草率苟且，生活就让你磕磕绊绊。你只有常常警醒、知内知外、知常知变、知进知退，才能真正懂得生活。

生活就是选择，生活就是取舍，拿你该拿的东西，正确选择你的工具和帮手，不要取回来一个笼子，把你自己扣在里面。每个人都有责任，每个人都有使命，但大家都不要忽略了一个共同的责任，也是天生的使命，就是做你自己，活出你的荣耀来。

生活本来就是亦真亦幻、光彩迷离、云卷云舒。我们需要有美梦相伴，我们需要与酣醉同行。圣诞老人、格林童话、哪吒闹海、嫦娥奔月……一个也不能少。童年的时候，我们会双手托腮，倚窗凝望夜空，星星也会对我们眨眼微笑。我们常常会在梦里笑出声来，只因为我们遇到了白雪公主和小矮人。

我们并不急需那么多冰冷的知识，因为我们已经够麻木的了。我们也不需要那么多的理性，因为我们的血肉已经大半成了机器。生气的时候，我们会感到压抑和难过，脸上却不动声色；伤心的时候，我们会咬紧嘴唇，让眼泪流进肚子，脸上却依然阳光灿烂。

我们只有借助无聊的韩剧才能流出伤心的眼泪，借助疯狂的球赛才能喊出心底的压抑。我们需要的只是久违的感动。

世界是属于每一个人的，每个人都应该被尊重、被认可、被接纳，有自己的立足之地。同时，我们还要表达，还要给予，还要挥舞和呐喊。人与人之间不用抢夺，每个人都有自己应得的一份，除非你不要。你不相信你有，把它拱手让人，再去低头乞讨，那就谁也帮不了你了。

“适者生存”，就是先看看自己在这个世界上适合干些什么。你的爱好、兴趣和性格会帮你选择，按照自然帮你选择的去生活，你就会无所畏惧。顺风而行，就没人能阻挡你，因为他阻挡的不是你而是老天；顺时而动，就没人能替代你，因为他替代的不是你而是自然。

真正强身的方法就是“没病找病”

瑜伽练得好的人都是悟性比较高的，悟性低的人就在体式上使劲，在韧带那儿伸。所以，不管是用什么样的锻炼方法，我们都要抱着“没病找病”的态度，一定要往经络上找，往经络上练，不然就会白费力气。

什么是真正的强身方法？就是“没病找病”。有的人说：“我现在正好有时间可以强壮身体，可是我得从哪开始呢？平常总是感觉身体像是有病，就是不知道病在哪。”这时候怎么办？还是找病。怎么找呢？静下心来，盘腿打坐，让身体和心灵对话。

为什么瑜伽的效果那么棒？就是因为瑜伽有时候也在“没病找病”。比如，做个拉筋的动作，发现某一块抻不开，就说明这条筋堵着了，你赶紧揉揉这条筋，过两天就能拉开了。所以说，练瑜伽只要借助经络这一工具，谁都能成为瑜伽老人沈维德。同样，每个人也都能成为惠兰，甚至比她练得更好、更科学。

一般人刚开始练瑜伽时每条经都抻，这样会把气血弄分散了，有的人还因此练坏了。但我们要是懂得经络，就知道气血走到哪条经了，就知道气血在哪条经堵住该通了，该赶紧揉揉了，这样经络很快就能抻开。所以说，懂经络的人练瑜伽花费的时间更短，而且练得更健康。

有些人小时候就练舞蹈，先把韧带拉长了。可是韧带和经络并不是一回事，经络和脏腑是相连且同步生长的，只有在经络和脏腑相通的这种状态下，我们练瑜伽才会起作用。如果经络和脏腑还没接通，拉长韧带不但没效果，反而可能出现问题。

比如一个人脏腑有毛病的话，他虽然能伸筋，但是气血无法传导到脏腑那块去。这个时候怎么办？去刺激一下这条经络，一刺激给刺激疼了，结果又跟脏腑接上了。这个时候你会发现，即使很多资深舞蹈演员做这个动作也抻不开了，它又回去了。怎么又难抻了？就是经络跟里面的脏腑又接上了。

此外，有些舞蹈演员拉抻经络还只是局部的，就好比是把壳豁开了，但壳里面堵着的东西却没伸开，所以，好多舞蹈演员练了一辈子还是免不了一身病。同样，一个人能做瑜伽，但是他的经络不见得通。因为，他是练出了一个壳，只是把外面的皮拉开了，里面的筋仍然没通。

经络就像一个机器人身上的电路。一通上电就能行动自如。如果没有电，就哪都没用，或者哪条线路的电断了，电也通不过去。机器人手上的工具或者其他附件的运动都受这根线路的影响。同样的道理，经络既能控制骨骼，也能控制肌肉，既能控制血脉，也能控制神经。只要经络存在，这些东西就都可以旺盛生长。反过来，经络一旦堵死了，这些东西就会得病。

至于韧带，就相当于机器人身上的一个螺丝。我把螺丝拧紧了，它就伸不开，我把螺丝拧松了，它就能伸得开一点。但是，它跟线路——经络没有一点关系。如今，很多人练瑜伽不但没解决问题，还练出了许多新问题，而他们的瑜伽老师和总教练都解决不了。

这是为什么呢？因为他们认为练动作就能健身，至于健的是身体哪个部位，他们并不十分清楚，就当然不大可能练好。这就像一个人只知道按这个穴，按那个穴，可为什么按这个穴管用？他不知道，那他一样不懂经络。

瑜伽练得好的人都是悟性比较高的，悟性低的人就在体式上使劲，在韧带那儿伸。所以，不管是用什么样的锻炼方法，我们都要抱着“没病找病”的态度，一定要往经络上找，往经络上练，不然就会白费力气。

寻找本心，胜过寻找圣贤——能感动的人才能活得好

感动可以消解病痛，感动可以为你带来好运。有一颗时时能感动的心，你就自然有了侠骨柔肠，有了生活的动力。

流行歌王迈克尔·杰克逊去世了，全世界都在悼念，有个网友却不识时务地写道："中国人有几个懂英语的？既然不懂外语，就根本听不懂他的歌。也跟着伤心欲绝，真是瞎起哄，崇洋媚外！"

对流行音乐，我比较孤陋寡闻，虽然听说过杰克逊的大名，对他这个人却不大了解，只隐约记得看过一些有关他的负面报道。直到前几天，同事在办公室反复放他唱的歌"You are not alone"，我才似乎一下子认识了这位歌王。

那首歌可谓是千古绝唱，感人肺腑。虽然我的外语不行，摸不准歌词的意思，但知不知道歌词根本不重要。那曲调，那颤音，那旋律，是那么地有穿透力，以至于让我无法拒绝它的纯净和柔美，直至被慢慢融化。

那一刻，我完全被感动包围。

有些感觉真的只是一种直觉，不是思考就能获得，不是语言所能描述，不是逻辑所能论证。但是，它让你不想思考，不想描述，不想论证，只是体会，只是沉浸，只是陶醉，就像哑巴吃蜜，乐在其中。这种感觉我常常在梦境中不期而遇，音乐或绘画作品也会偶露端倪，只是不能学习，也无法传授。

这就是感动。

它会让一个叛逆的孩子瞬间变成天使，让一颗蒙蔽的心灵霎时拨云见日。有了感动，就不会有难学的知识，智者的教诲也显得多余。有了感动，就不需要冲锋的号角，心灵的呼唤会让你奋勇向前。像秋风乍起，一夜便满地金黄；似春潮涌动，转眼已两岸绿洲。

前两天，我看中央电视台的《人与社会》节目，讲的是一个90后的初中女孩，逆反心理极强，面对家长的疼爱，完全不知感恩，反而以伤害母亲为乐。母亲晚上十点才下班，她却故意让母亲连夜为她洗当天换下的裙子，不洗就不去上学。看到母亲疲惫不堪的样子，女孩开心极了。但当这个女孩看到一个失去双臂的山村同龄男孩每天用脚编着带刺的竹席，帮父母贴补家用时，她被深深地感动了。从此，她不但知道了自强努力，还主动为妈妈分担家务。

这里，没有老师的指导，没有专家的教诲，有的只是女孩自己的感动。

我们每个人的心中都有一位老师，他比孔子还睿智，比庄子还洒脱，比弗洛伊德更了解心理，比拉斐尔更懂得艺术。这就是我们生而知之的本心，但这本心的门却常常紧闭，敲打不开。感动就是那门上的按铃，我们多按它几次，或许老师就会探出个头来，随便说出一句话，就够我们受用一生的了。

或许有人会说，不就是感动嘛，可以制造呀！

饮一杯咖啡可以体会小资情调，点两支蜡烛可以感受浪漫情怀，送99朵玫瑰会让女孩神魂颠倒。在有些人看来，感动不过是煽情，只是营造出一种氛围罢了，有什么难的？就像南宋词人辛弃疾写的："少年不识愁滋味，爱上层楼，爱上层楼，为赋新词强说愁。"但是，真正的感动岂是营造出来的？"成心"为感，感动是要用整个的心去体会、去融入。

感动可以传递，可以共鸣，可以用真心培养，可以用善意浇灌，唯独无法刻意营造。感动是万能的钥匙，专门开启心灵的大门。有一颗时时能感动的心，也就有了侠骨柔肠，有了生活的动力。

如何舍得——行善可以为我们带来健康吗

人如果老是怀疑，老是犹犹豫豫的，那最后肯定都成不了事儿。他不可能有大智慧，偶尔有所得，但是失去得更多，甚至把生命也搭进去了，因为在这个过程中，生命一直在耗着气血呢！

善是什么？有的人认为善就是行善，做好事，但真正的善是善念，或者说，善是从善念开始的，否则就是有意为善，而不是无意为善了。

有人问："我们行善时一定要先有善念吗？"

什么叫善念？什么叫无意为善？什么又叫有意为善？这些是有区别的。

禅宗里有一则小故事挺耐人寻味的：有两个和尚待在一起，师傅走进来，正好走到大徒弟旁边，大徒弟就顺手给他倒了一杯茶。师傅接过来喝了，说徒弟很好，夸了他一句。站在一边的小徒弟看见了，赶紧也给师傅倒了一杯茶，端进来说："师傅，请您喝茶。"但师傅当时就把茶杯给扔了，喝道："滚！"

这个故事是什么意思呢？第一个徒弟是因为他师傅就在旁边，所以随手倒了一杯茶递给他，这就跟山谷的回响一样，特自然。小徒弟一看大师兄倒茶给师傅就受到夸奖了，于是赶紧也倒了一杯，这就叫谗佞。这是迎合而不是尊重，所以，师傅要对小徒弟说"滚"。

同样是一杯茶，时机不对，就会产生两种不同的效果。实际上，人的身体和宇宙本来是一应一答的，只不过逐渐有了太多人为的因素，人就开始生病了。

有一次，我和爱人带着两岁的儿子去动物园。动物园门口有一个中学生模样的女孩，胸前挂着一张纸，上面写着："因家里贫困失学，请求好心人帮助。"我老婆就动了善念，说："儿子，过去，给她点儿钱。"

游玩了一会儿，我们又回到此处，看见纸还是那张纸，话还是那句话，只是女孩换成了一个男孩，原来他们换班了。我媳妇就很生气，说："这不是骗子吗？这钱就不应该给！"我说："媳妇，你和儿子的善心已经付出去了。咱们的目的是让善心出去，又何必想着要回报呢？"

古人说："信人者，人未必皆信；信人者，人未必皆诚；己则独诚矣。"我相信大家，但是别人不见得像我这么诚信，但是"己则独诚矣"，我自己就做到了诚信。"疑人者，人未必皆诈，己则先诈矣。"还没干事儿，我就想着肯定有人要害我，我得防着点儿，结果自己先变奸诈了。为什么说真心就是大智慧？为什么说人不生病，就得保持一颗真心？原因就在于此。所以，咱们要付善心，随时付，不必太看重付出以后会怎么样。

但是有些人会觉得，这样做不就吃亏了吗？肯定吃亏了。可是你想过没有，什么样的人最吃亏？既想善又不敢善，善了一半，有一半真一半假的，这种人最吃亏。因为善就是首尾皆善，本心就是善的人肯定吃不了亏。但是一个人如果既要善又不敢善，又善又不善的，肯定好不了。因为他所谓的"善"是有目的的，这种在本质上已经"不善"了。

你看《三国演义》，这里面谁的统治时间最长？应该说是曹操。虽说曹操是个奸雄，但他信人不疑。曹操对那些谋士，只要相信他就绝对不怀疑，宁可自己被骗了，也要这么做。这就是曹操。为什么袁绍"不灵"？就是因为他老怀疑别人，结果做起事来犹豫不决，这种人最后肯定完蛋。

所以，人如果老是怀疑，老是犹犹豫豫的，那最后肯定都成不了事儿。他不可能有大智慧，偶尔有所得，但是失去得更多，甚至把生命也搭进去了，因为在这个过程中，生命一直在耗着气血呢！

古人还有一句话叫："宁可直中取，莫向曲中求。"一个人做事最好是直来直去的，成就成，不成就不成。如果是真心的，那么即使事情办不成，也无所谓损耗。我就是少挣了几十万、几百万，又有何妨？对于我整个的生命来讲，无所谓增，也无所谓减，我的内心始终处于一种喜悦的状态。

《黄帝内经》里有一句话说得非常好：什么叫成功？"以自得为功"。什么叫快乐？"以恬愉为务"。恬，心里踏实安静；愉，就是愉悦高兴——这就是我们每天需要完成的任务。什么是成功？就是自我满意。我觉得自己身心都提高了，这就是成功。而不是别人说你是大老板，说你是富翁了，那才叫成功。如果一个人赚了很多钱，可是自己不高兴，家里也不和谐，那有什么用呢？所以说，成功要以是否"自得"，要以自己的内心是否喜悦为判断标准。

"以恬愉为务，以自得为功"，这就是最好的人生。

佛教所谓的贪嗔痴，都是人心里产生的东西。它们会给人体带来哪些疾病呢？我们现在老强调七情致病，但很多人并不了解七情致病的真实含义，只是说情绪失常会影响人的气血运行，容易造成气血不通，以为把七情调整好了就能治病。

其实，人的七情所影响的面很广，人的内心完全可以影响外界的环境，比如家里的风水，甚至能影响你的感情和人际关系，可谓"牵一发而动全身"。

所谓"同气相求"，就是说你是什么样的人，就会招来什么样的东西。世上万物都是这样。你要是倒霉，就容易招来倒霉、负面的东西；你身体里有邪气，就会招来一些阴暗的东西。就跟臭鸡蛋必然招来苍蝇一样，你如果总是散发这种不好的信息出去,必然会有不好的东西应招而来。所以,我们想要得到什么,就得先让自己有什么。

世界上有很多同气相求的东西,它们之间不是非得发出什么气味而是有一种相吸的磁场存在。比如说,我想读一本书,到书店去一看,就只剩这一本书了,可能这本书已经放了很久,一直都没有人感兴趣,但是我看到了,就是要读它,就想马上买下来,因为它吸引我。可以说所有的东西都讲究同气相求、互相吸引的。就像我与一本吸引我的好书,的关系一样。

听老天的话，做自己该做的事

> 无可奈何是最可叹的，无依无靠是最可怜的，任人摆布是最可悲的，仰人鼻息是最可耻的。古人说："君子居安思危"，真是警世恒言！

人们常说，"在家靠父母，出门靠朋友"。其实，真能靠得住的只有老天。老天在哪，不在天上，不在地下，只在我们自己身上。

只要学习，我们就能掌握；只要锻炼，我们就能强壮；只要努力，我们就能富有。我们想得到什么，就可以得到什么。但如果，我们做的不遂老天的意愿，我们终生都会一无所获。积极锻炼反而加速衰弱，拼命努力却最终一贫如洗。真是"人算不如天算"，算尽则亡。

有人说，"这样岂不是只能听天由命，那我们什么也不用做了，因为做了也白做。"是不是真像那句所说的，"万事分已定，浮生空自忙"呢？

世间有三种人。一种是不相信自然的力量，只相信人定胜天，相信竞争才能取胜，相信努力就能成功。第二种人认为一切都是命中注定，人只能随波逐流。如果贫穷，那就是生不逢时，如果破落，那也是命该如此。还有一种人，把天地当做父母，随天时风起云涌，顺海潮白浪滔天。

人活在同一个世界，却活在了不同的空间。有人触景生情，一砖一瓦可恍如隔世，有人无知无觉，五光十色，也像一纸空文。

有情人，言谈时话锋已在千年流转。无意者，唇齿间主题总不离灶角锅台。心旷则万钟如瓦缶，心隘则一发似车轮。花园里，人人皆闲庭信步；沙滩旁，个个似醉情忘怀。其实，同一片白云下，同一潭湖水中，已经是“世间苦乐界，人鬼两重天”了。

活着就要饱尝痛苦艰辛、生老病死。男人要披荆斩棘，开创事业，女人要十月怀胎，相夫教子。所以，时时刻刻想着让自己强起来吧，这是惟一重要的，惟一可靠的、惟一安全的、惟一长久的。我们还有时间，还有体力，那就为自己的健康大坝垒一锹土吧。“常将有日思无日，莫待无时想有时。”别像后主李煜那样，只能哀伤“流水落花春去也，天上人间”。

要知道，无可奈何是最可叹的，无依无靠是最可怜的，任人摆布是最可悲的，仰人鼻息是最可耻的。古人说：“君子居安思危”，真是警世恒言！

别人的短处很多，我们可以批评、指正，只是自己也有同样多的缺点还没修改。别人的麻烦很多，我们可以参与、化解，只是自己还有太多的苦恼没有挣脱。别人的脚下是泥沼沟渠，你的前方也同样坑坑洼洼。

你想拉落水的人，就得自己先站稳脚跟。孔子说，可以扒在井边救人，却不可跳到井里救人。庄子说，与其相濡以沫，不如相忘于江湖。别人的事情，就是别人的命运。最好少干预，但碰上了，就与你有关，也就和你的命运相连了。

健康与疾病的轮回实际上是一次寻宝之旅

> 福字怎么写:示+畐,畐字就是一口之家,有一片田原,自给自足,自得其乐。示字就是祭祀神灵,也就是感谢上苍的意思。知足常乐,又随时感恩,人怎么可能没有——福气呢?

我们的一生,实际上最重要的同时也是一件最有趣、有益的事情,那就是如何去找到你体内的宝物,那真的是可以让你长久拥有力量的源泉。有人说,这个太难了。其实,这个难并非指难"找",而是难在"信"上面。你不相信有这个宝物,你就永远找不到,因为你连看都不看,所以即使把它放在你眼前,你也会视而不见。

这个宝物你要随时去寻找。可以像玩电脑游戏那样去寻找,一会找到一件武器,一会儿找到一罐能量,一会儿找到一个护身。这些宝物都有一个共同的标志,就是可以增强你的力量。一个食物,一种药品,一首歌曲,一个朋友,一个地方,一种理论,一首诗,一幅画,甚至是一棵树,一根草,一块石头,都有可能给你注入力量。当然,身体加了油,别忘了感谢一下苍天。没有苍天的恩泽,你什么也碰不到。不会感恩,你就不会有福。福字怎么写:示+吾,哥字就是一口之家,有一片田原,自给自足,自得其乐。示字就是祭祀神灵,也就是感谢上苍的意思。知足常乐,又随时感恩,怎么可能没有——福气呢?

另外，要找到这个宝物，你还得有一双内视的眼睛。刚开始，你可能什么都看不清，因为你从来没往里看过，但是你可以先听内部发出的声音。如果听不到，你还可以体会里面产生的气息、味道。你的五官不但可以帮你感受外部世界，还可以成为你寻找内部宝藏的工具。总之，内部世界同样广阔无边，同样引人入胜，值得探索。

我们不要盲目相信任何事情，因为那是迷信，不要听从任何舍我其谁的主张，因为那是偏见，也不要相信那些妄图主宰我们命运的人和事，因为我们自己就是生活的主人。

寻找自身的宝物，并不是捕风捉影，不是皇帝的新装，而是脚踏实地，有章可循。从皮毛到骨髓，从生理到心理，从有形到无形，每个人各取所需。各自的需要就是各自的入门之径。比如，爱好美容的就先润泽皮肤，喜欢健美的就先滋养肌肉，追求苗条的就先抻拉韧带，想要强壮的就先锻炼骨骼，祈望长寿的就先填精补髓。

方法简单，您就容易坚持。工具顺手，您就喜欢操作。最方便的莫过于刮痧，可以用牛角板、玉石板、瓷汤勺、木梳背。哪痒刮哪，哪痛刮哪，哪酸刮哪。出痧不出痧都有效。也可常拔罐，真空罐就行，不用求人，想松想紧，随意操作。酸的地方拔，痛的地方拔，受寒的地方拔，受风的地方拔，血少的地方拔，血瘀的地方拔，刮不出痧的地方拔，拔上去就掉下来的地方拔。但是胀痛的地方不要拔，因为浊气瘀阻，越拔越痛。

有耐心的人，可以循经按摩；细致点的人，可以反复点穴；疼痛明显的地方，可以用掌根推揉；感觉麻木之处可以用拳峰敲打；嫌经络复杂的，可以只做推腹；怕减肥麻烦的，可以单练跪膝；脚冰冷缺血，就做金鸡独立；胃胀痛少食，不妨壁虎爬行；便秘多敲带脉，痛风常揉脾经；撞丹田能强肝补肾，转关节可活血通经……可用的方法很多，还可交叉配合、自行发明。

只是很多人试了试，觉得不行，就说自己悟性差。怎么办？有的人说：

“还是你亲手教我吧！”也有人说：“你的招术我都练过，不管用，你再发明一些管用的吧！”一口锅里的菜，虽然品种多，但总的味道只有一个。你不适合这种口味，就去找你喜爱的。不爱吃，强迫自己吃下，也不会吸收。就像牛奶，虽有营养，许多人喝完却胃内不适。何必为难自己呢？营养的东西多着呢！

鸣谢

《国医健康绝学》系列丛书自出版面世以来，受到了广大读者的热烈欢迎，很多朋友说，用过书中的一些保健方法后，身体出现了许多惊喜的变化，对于健康，有了更大的自信，而且，还有更多的朋友把这套丛书作为一份健康的真情礼物送给了自己的亲人和好友，受益者越来越多……其实，让大家更多地关注健康，而非关注疾病，这正是我们期待已久的。

在《健康时报》与新浪读书频道共同主办，中国健康教育学会协办的“2007中国十大健康好书评选活动”中，《国医健康绝学》系列丛书中的《求医不如求己》和《人体经络使用手册》荣获“2007年度中国十大健康好书”荣誉称号，《不生病的智慧》一书荣获“2007年度中国优秀健康图书”荣誉称号。

《国医健康绝学》系列丛书陆续推出以来，我们接收到了大量的信件和电话，一些读者对丛书的编辑提出了富有创造性的建议，一些读者对书中的一些问题提出了商榷，还有一些读者指出了书中存在的一些不足之处，对此，我们都一并真诚接受，并在查证、比较和权衡之后进行了合理采纳和吸收，对书中存在的不足之处及时做出了修订和改进，以期更接近读者心中的目标。但在丛书的编辑过程中，由于时间仓促、编者能力所限，书中还可能存在一些问题和不足，欢迎读者朋友继续提出宝贵意见和建议。

真心感谢广大读者长期以来的支持和厚爱，您的需求和期待是我们倾心为之奋斗的目标，您的监督和鞭策是我们成长提高的阶梯，您的支持和关注是支撑我们走下去的不竭动力。在您的注视之下，我们会走得更加稳健，我们将继续努力，争取为您奉献更多的精品健康图书。

《国医健康绝学》系列丛书编辑部

国医健康绝学系列十三

近200种家庭常见疾病的自助调治方案

保佑全家老小平平安安的健康红宝书

本书为您献上：6 大中国人代代相传的通经活络技法——刮痧、拔罐、足疗、推拿、艾灸、针刺；98 种常备中成药的功效、用法；39 种内科疾病、39 种妇科疾病、23 种儿科疾病、16 种外科疾病、16 种五官科疾病、13 种皮肤科疾病、6 种男科疾病、9 种亚健康问题的根本性复方调理法；14 种来自道家、武林的养生真功法；1 份《穴位查询表》；87 种简捷实用的健康自查方法。特别赠送中里巴人亲自示范讲解的《求医不如求己经络养生功法精解》光碟，将最具代表性的经络思想和养生功法一一详细说明。

作者：中里巴人　　　　定价：60.00 元

《求医不如求己家庭医学全书》

特别赠送《求医不如求己经络养生功法精解》DVD光碟、全彩国家标准经穴部位挂图、足部反射区挂图

国医健康绝学系列钻石版

超值典藏　送礼佳品

“中国十大健康图书”

本书是中里巴人迄今为止有关经络养生理念、功法全部精华的最完整收录。随书超值赠送中里巴人亲自示范讲解的《求医不如求己经络养生功法精解》DVD 光碟，内含中里巴人健康养生理念、功法的首次全景展示。

作者：中里巴人　　　　定价：99.00 元

《求医不如求己大全集》

特别赠送《求医不如求己经络养生功法精解》DVD光碟、全彩国家标准经穴部位挂图、足部反射区挂图

国医健康绝学系列

超值年轻态健康大礼

奠定健康基石的长城，馈赠亲友的最佳健康大礼

随书赠送：3 张国家标准全彩大对开人体经络穴位挂图〔价值人民币 60 元〕；1 张国家标准全彩对开人体足部全息反射区挂图〔价值人民币 20 元〕；1 支“路路通”牦牛角点穴按摩棒〔价值人民币 38 元〕；1 款“路路通”水牛角多功能刮痧按摩板〔价值人民币 28 元〕；1 架“路路通”通灵玉按摩车〔价值人民币 78 元〕。

作者：中里巴人　　　　定价：198.00 元

《求医不如求己养生救命大宝典》

国医健康绝学系列十四

善用五行、祛病护养，女人可以永远健康美丽

预防女性提前衰老的年轻态健康书

本书是一本以五行生克之道和道家功法来保养女人的书。为您献上：女性乳腺系统，子宫、卵巢、盆腔系统的全面护养方案；5 种心系统保养法，12 种肝系统护养法，9 种脾系统保养法，10 种肺系统保养法，12 种肾系统护养法；17 种最适合女性的五行护养功法；1 份简洁、明了的《五行属性查询表》；1 份《女性常见疾病一站式疗法简表》。

作者：张鹤瑶　　　　定价：29.00 元

《不生病的纪律——女人身心性护养宝典》

特别赠送全彩女性经络穴部位挂图、全彩五行药食一览表。

我想问名医——国医健康绝学系列丛书读者调查

您的基本信息：

姓名：　　　　　　　　　性别：　　　　　　年龄：

所在行业或职业：

教育程度：A.研究生以上 B.本科或专科 C.高中 D.初中以下

联系地址及邮编：

电　　话：　　　　　　　　　手机：

电子信箱：　　　　　　　　　其他联系方式（如QQ、MSN）：

关于图书：

1. 您是怎么知道《万病皆可心药医》这本书的？

A. 在书店里看到　　　　B. 通过网络

C. 通过电视　　　　　　D. 报纸杂志介绍过

E. 在“国医健康绝学系列”的其他书中看到广告

F. 亲友推荐

G. 刚好碰到有关作者的活动，如讲座

H. 其他 ________________

2. 本书吸引您的地方都有哪些？

A. 方法实用　　B. 简单易行　　C. 故事有趣

D. 语言活泼　　E. 封面漂亮　　F. 广告语精彩　　G. 其他 ______

3. 本书什么地方给您留下了最深刻的印象？__________________________

____

4. 在所有的中医养生方法中，您最喜欢哪几种？

A. 按摩　B. 气功　　C. 针灸

D. 食疗　E. 药补　　F. 其他 __________

5. 您还读过或买过“国医健康绝学系列”的其他哪几本书？

____

6. 如果条件许可，您会选择这一系列图书中的哪几本送给亲朋好友？

____

7. 您觉得本书或本系列图书可以在哪些方面做出改进？（如话题、方法、案例、语言、封面等，可附纸说明）______________________________

我要问名医：

1. 您有哪些困惑或问题想请作者中里巴人先生解答？（可附纸说明）

____

2. 您想向国医健康绝学系列图书的其他作者提出哪些问题？（可附纸说明）

____

回信地址：

（100101）北京市朝阳区小营路9号亚运豪庭C座7C 北京凤凰联动文化传媒有限公司 健康与生活编辑部 收

或发送电子邮件至 jiankang@fonghong.cn